U0585220

地狱中的
独行者
——解析莎士比亚悲剧与歌德的《浮士德》

残雪 著

作家出版社

残雪

残雪，本名邓小华，1953 年生于长沙。1985 年 1 月残雪首次发表小说，至今已有 700 多万字作品。残雪是在国外被翻译出版最多作品的中国作家之一。并且残雪的小说成为美国哈佛、康奈尔、哥伦比亚等大学及日本东京中央大学、日本大学、日本国学院的文学教材，作品被美国和日本等国多次收入世界优秀小说选集。2008 年，残雪的七个中篇和短篇被收入日本大型丛书系列《世界文学全集》出版，残雪是唯一入选的中国作家。

2015 年，残雪的长篇小说《最后的情人》获得第八届美国最佳翻译图书奖（为中国作家获此奖第一人），她于同年 4 月入围英国《独立报》外国小说奖，残雪 2016 年入围美国纽斯塔特国际文学奖。2017 年、2018 年残雪的长篇小说《边疆》和《新世纪爱情故事》先后在美国出版后，残雪被称为世界文学中"最有创造力、最重要的作家"。此外，美国和日本文学界都称她为"小说家与文学评论家"。

高难度的实验文学之谜（总序）

——写在我的文学评论集全体亮相之际

残 雪

我从事实验文学的创作已经有三十多年，而从事这一类文学的文学批评也将近二十年了。现在，不论在国内或国际上，都已经公认残雪的创作为高难度的创作，独树一帜的创作。那么我是如何创造出这样一种独特的文学类别来的？我的创作的根源与动力又在哪里呢？我得到了一个很好的机会让我来说明这类问题，从而可以给读者提供在文学探索中深入思考的刺激。作家出版社将同时出版我历年写下的文学评论，它们一共有六本。其中四本是评论卡夫卡、但丁、博尔赫斯和卡尔维诺的作品的专集，另外两本中的一本是评论莎士比亚和歌德的作品，另一本则是收录了我历年来写下的对一些作家的作品的评论，这些作家有国内的，也有国外的。像这样全面地展示一位比较深奥的小说家在文学批评领域内所进行的实验，对于出版界和作家本人来说都是第一次。

我的文学评论同任何人都不同，国际上也已承认这一点。我所从事的小说创作和文学评论这两个门类就像兄妹一样在我的文学王国里共同生长着，它们相互渗透，相互刺激，相互领悟，它们气质不同而又互为倒影。可以说，要想进入高难度的实验文学（这不那么容易，但来者必定受到欢迎），阅读残雪写下的文学评论会是一个极好的契机。从我个人的阅读体验出发，我敢说，我的文学评论很有可能带给读者一种恍然大悟的感觉。它们所评论的完全不是经典小说的技巧，

解析莎士比亚悲剧与歌德的《浮士德》

而是通过欣赏经典提供一种崭新的打开眼界的现代人的思想方法。在中国，就我读到的作品而言，这种新思想和新艺术观极为缺乏，陈腐的观念一直在阻碍着文学的发展。

很多年以前我就通过阅读发现了，在整个人类的思想界有一条地下的潜流，早年它一直在静静地流淌着，直到近代，由于多种支流的汇合，它才形成了一条河流。我所指的，就是西方顶极文学艺术这一思想资源，我认为它的深度和丰富度已经超越了经典哲学，但长期以来它对于人类思想界的重要性和它的发展前景一直被人们大大地忽视和严重地低估了。人们认为文学艺术是感性精神产品，过多的理性思维夹杂其间会破坏作品的精神纯度。而我多年的阅读鉴赏的经验告诉我，以上的看法是极大的谬误！文学艺术的确是从感性入手的，但它们是否具有高超的理性，也是那些一流作品能否成功的关键。一流文学作品中的理性的运用是一种神奇的技艺，也许同个人的天赋直接有关。它不是像哲学作品那样推理，而是让丰富的感性思维循着场外的模糊召唤挤压碰撞成某种人性的图型。那场外的召唤就是文学家的强大的理性，它不直接干预创作，但却间接地统领着整个局面。这类理性比西方经典哲学中的理性更为有力量，从古到今那些侧重于纯艺术性创造的文学作品中就充满了它。我将这种文学称为"物质的写作"，它是依仗想象力来画出理性图型的实验，也是文学与哲学合一的最高典范。我的这些评论中分析的作品都具有这一类的特征。也许有的作家只在年轻时有过这种能力，但最好的作家都能将这种能力保持下去。因为物质的写作描写的就是你的世界观，你的精神境界。而你的灵感冲动的大小同你的理想的纯度成正比。在我的评论中可以看出，理性不是"夹杂"在质料性的情感性的想象力中，而是本身就由想象力凝结而成，这是我的理论同西方理论的最大区别。所以不少中外读者认为残雪的美学观念独树一帜。

我想在此提醒一下读者，如果你读过一些残雪的小说，却从未尝试过残雪的文学评论，那么你对残雪的感受和理解很可能是不够全面的。比如国内有不少批评者认为残雪小说属于非理性写作，我在上面已经进行了反驳，那么读者你，有没有深入地思考过这个问题？残雪的评论中就充满了对这类思考的启示。那也是一位老艺术家多年来从艺术生活中获得的灵感。在我的实践中，物质就是精神，二者是一枚硬币的两个面；艺术就是思想，而且是最高级的思想。年轻的作者们，如果你不甘于做一位"本色"作家，而要扩大眼界，攀登纯艺术的高峰，我的评论也会带给你力量。因为在这些篇章中，你将读到，艺术性就是人性，也是大自然的自由本性。我们的传统文化不足以支持一种新写作，必须努力向西方学习，才有可能超越西方，这是我作为过来人的体验，也是我这些评论中透出来的信息。我们不是学得太多，而是根本没有学透，似懂非懂地就下了结论了。人们说中国的前卫文学夭折了。为什么会夭折？为什么我们，具有数千年文化底蕴、在西方人眼中深奥神秘的民族，就不能够拥有自己的前卫文学，不能产生出一小批真正的文学探险者？在当今文坛上，很少有人发出这样的自我追问。

在这些作品中，我主张一种创造性的阅读，这种阅读要比写作更为艰辛，当然相应地也会获得更高的快感。我认为这种阅读是每一位从事新写作的作者所必须进行的训练，缺了这种训练，你写下的作品难以上档次。新型阅读同通常所说的技巧无关，它所实践的是一种思维训练，它要通过一种理性遥控的机制让你的大脑的某一部分产生奇思异想，它要让美丽的黑暗的物质在魔杖的点击下变成纯净的精神，又让透明的精神转化为神奇斑斓的物质。我们的前辈艺术家大师，例如但丁、莎士比亚、歌德、卡夫卡等人，已经给我们演示过这种提升人性品格，展示自由精神的魔术了。他们的最好的作品最忌讳的就是被动的阅读。所以我认为，这类高精尖文学的阅读者，最好是自己也能写一点东西，不然你的阅读很难真正有所收获。因为这些大师的顶级作品确实是写给有作家诗人气质的读者看的。

　　高难度的阅读当然不是为了自寻烦恼，更不是为了炫技。大自然既然给予了我们这样复杂的身体和无限止的思维感觉能力，当然是期盼我们去尽力发挥它，从而通过我们展示她自身的本质——因为我们人类就是她的最高本质。每一位热爱生活追求自由的读者大概都有这样一种需要，这就是在日常生活之余要有一点时间让自己的身心升华一下，或处于奇思异想的冒险状态中去冲刺一下。在这个时候，残雪的文学评论也许最能给你带来这方面的机遇。我的这些作品虽然不是可以轻易就读懂的，但只要有足够的耐心把握了某些线索，你的内在的能动性就会被调动起来，你也会跃跃欲试地处在精神冒险的激情之中。我这样说并不是信口开河，而是多年里头经过了一些验证的。总之，高难度的阅读是为了提升我们的艺术格调，催生更多的精神产品，让我们的身心与大自然的律动保持一致，生气勃勃，每日常新。

　　最后我想再一次对那些有志进行新写作的作者们说，我认为我们不进行西方经典文学的阅读训练几乎就不可能写出有新意的作品。因为我们住在一个缺少思辨理性的文明古国里，我们散漫而不够有力，只有通过西方文化的输血我们才能建构起仅仅只属于我们自己的独特的文学。

目录

解读莎士比亚的悲剧

先王幽灵之谜

当人沉入那无边的冥府之际，就会有如先王的幽灵这样的鬼魂来同他相遇，这令人恐怖的幽灵，自身却处在深重的痛苦之中，地狱之火煎熬着他，未尽的尘缘仍在作反叛的妄想。他看上去信念坚定，目的明确，内面却包含着隐隐的无所适从。幽灵失去了肉体，他必须借助人的肉体来实现他的事业，幽灵要做的，就是对人的启蒙。然而人与幽灵相遇的可怕场面，现在是发生在大白天，发生在阴沉的丹麦城堡的平台之上了。追求人格完美的丹麦王子哈姆雷特，在一个特殊的时刻，当他的精神支柱濒临崩溃之际，走到了他的命运的转折点上，这就是所谓的灵魂出窍。先王的幽灵给这位忧郁的王子指出的那条路，是报仇雪耻，让正义战胜邪恶，可是这桩事业却有着深不可测的底蕴。那是一条危机四伏、陷阱遍布的路，一条人走不下去，只能凭蛮力拼死突破的绝路。先王的幽灵究竟是谁？他对哈姆雷特的启蒙又是如何完成的？这就要追溯哈姆雷特精神成长的历史了。

毫无疑问，哈姆雷特具有一种异常严厉的性格，他容忍不了自己和他人的丝毫虚伪。他从小给自己树立的典范便是他那高贵的父亲——一位地上的天神。当人在青年时代崇拜某位偶像般的个人时，他已经在按照偶像的模式塑造自身的灵魂。王子凭着青春的热血与冲动越追求，便越会感到那种模式高不可攀，而自己罪恶的肉体，简直就是在日日亵渎自己要达到的模式。那样一位独一无二的天神般的父亲，显然只能存在于哈姆雷特的精神世界里，他是哈姆雷特自身人格的对象化，是人要作为真正的"人"存在于这个世界的不懈的努力之象征。然而哈姆雷特人格的发展终于遇到了致命的矛盾：当他用理想中的标准来看待自己、看待他的同胞时，他发现他已无法在这个世界存身，也失去了存身的理由。黑暗的丹麦王国是一个灵魂的大监狱，他早已被浸泡在淫欲的污泥浊水之中，洁身自好的梦已化为泡影，所有青年时代的努力与奋斗都像尘埃一样毫无意义。可是在这个关键时刻，先王的幽灵却要他去做那做不到的事，即活下去，报仇雪耻，伸张正义。现在已很明显，先王的幽灵正是王子那颗出窍的灵魂，王子用彻底的理想主义塑造了多年的最高理念的化身。幽灵来到人间，为的是提醒人不要忘记理想依然存在，也为告诉人，险恶的前途是人的命运，因为今后的生涯只能在分裂的人格中度过，"发疯"是活下去的唯一的方式。幽灵没有将这些潜台词说出来，只是用咄咄逼人的气势逼迫王子去亲身体验将要到来的一切。启蒙从王子一生下来便开始了，也就是说王子的精神世界一开始就在幽灵的笼罩之下，此次的现身或相遇则是启蒙的最后完成，人和幽灵从此分隔在两个世界，遥遥相望，却不可分割。这样的境界是一般人承受不了的。所以王子的好友说：

▶ 想想看／无论谁到了这种惊险的地方／看千
  仞底下那一片海水的汹涌／听海水在底下咆
  哮，都会无端的／起种种极端的怪念哪。[1]

王子迈出了第一步，从此便只能走下去了，这腐烂的世界以及他自己腐烂的肉体对他已没有任何意义，可他还不想死。他开始了另一种虽短暂却辉煌的"发疯"的生活。在这种特殊的活法里，所有内部和外部矛盾都激化到了最后阶段，处在千钧一发的关头，但结局一直被"延误"。似乎有种种外部的原因来解释哈姆雷特的犹豫和拖延，深入地体会一下，就可以看出那只是肉体冲动在遇到障碍时的表现方式，障碍来自内部，灵魂满载着深重的忧虑，难以决断，只能等待肉体的冲力为其获得自然的释放。这一点在先王的幽灵身上就已充分表现：

▶ 我是你父亲的灵魂／判定有一个时期要夜游人世／白天就只能空肚子受火焰燃烧／直到我生前所犯的一切罪孽／完全烧尽了才罢。我不能犯禁／不能泄露我狱中的任何秘密／要不然我可以讲讲，轻轻的一句话／就会直穿你灵府，冻结你热血／使你的眼睛，像流星，跳出了眶子／使你纠结的发鬈鬈鬈分开／使你每一根发丝丝丝直立／就像发怒的豪猪身上的毛刺／可是这种永劫的神秘绝不可／透露给血肉的耳朵。听啊，听我说／如果你曾经爱过你亲爱的父亲／你就替他报惨遭谋杀的冤仇。[2]

已经消灭了肉体的幽灵仍然难忘自己在尘世的罪孽，他受到地狱硫磺烈火的惩罚，痛苦不堪，但即使是如此，他也仍不收心，要敦促哈姆雷特去继续犯罪。他深知王子的本性（"我看出你是积极的"），因为他的本性就是自己的本性。潜伏在幽灵身上的矛盾是那样尖锐，但他自身已无法再获得肉体，他只能将这个绝望的处境向哈姆雷特描述。他要他懂得尘世的腐败是无可救药的，他要他打消一切获救的希望；而同时，他却又要他沉溺于世俗的恩仇，在臭水河中再搅起一场漫天大潮。幽灵知道他给哈姆雷特出的难题有多么难，他也知道哈姆雷特一定会行动，并且会在行动时为致命的虚无感所折磨，以致时常将目的暂时撇在一边，因为王子的内心有势不两立的两股力量在扭斗。而幽灵自己的话语，就是这两股力的展示。他刚向哈姆雷特描述了自己罪孽的深重，惩罚的恐怖，接着马上又要他去干杀人的勾当；他在说话时将天上的语言和尘世的俗语混为一谈。只有幽灵才会这样说话，也只有幽灵才具有这样巨大的张力。而当人要在世俗中实施这一切的时候，人就只能变得有几分像幽灵，却还不如幽灵理直气壮。幽灵不为王子担心，他知道他是"积极的"，至于怎样达到目的并不重要，重要的是活的意境，那种可以用"诗的极致"来形容的意境。此意境是他给爱子哈姆雷特的最大的馈赠，所有的高贵之美全在这种意境中重现。当然，高贵之美同下贱之丑恶是分不开的，正因为如此，已无法实现这种美的幽灵才寄希望于陷在尘世泥淖之中的王子。总之，王子在听完他的讲述之后眼前的出路就渐渐清楚了：只有疯，只有下贱，只有残缺，是他唯一的路（他自己倒不一定意识到那是达到完美的路），否则就只好不活。"疯"的意境充分体现出追求完美的凄惨努力，人既唾弃自己的肉体和肉体所生存的世界，又割舍不了尘缘，那种情形同地狱硫磺烈火的烤炙相差无几。对地狱的存在持怀疑态度的哈姆雷特的"发疯"，正是他执着于人生，不甘心在精神上灭亡的表演，这样的经典表演在四个世纪之后来看仍然是艺术的顶峰。

这样看来，哈姆雷特所处的酷烈的生存环境就与其说是由于外部历史的偶然，不如说主要是由他特殊的个性所致。也就是说，具备了此种特殊气质的个人，总会有这样那样的"偶然性"来促成其个性向极端发展。请看这一段反复为几个世纪的读者引用的自白：

▶ ……有些人品性上有一点小小的瑕疵／或者是天生的（那也怪不得他们／因为天性并不能自己做主）／或者是由于某一种特殊的气质／过分发展到超出了理性的范围／或者是由于养成了一种习惯／过分要一举一动都讨

人喜欢／这些人就带了一种缺点的烙印／（天然的符号或者是命运的标记）／使他们另外的品质（尽管圣洁／尽管多到一个人担当不了）也就不免在一般的非议中沾染了／这个缺点的溃烂症。一点点毛病／往往就抵消了一切高贵的品质／害得人声名狼藉。[3]

　　一个人追求完美可以到这样的程度，这个人就等于是失去了任何自我保护的能力，赤身裸体在长满荆棘的社会上行走，因而时刻有可能遇到致命的伤害。人之所以能够生存，就因为他拥有自欺的法宝作为自我保护的武器，这种前提在社会中成为强大的惯性，让人能够忘却，能够沉溺于尘世短暂的欢乐。但任何时代总有少数的个人，他们不满甚至痛恨自身的现实，企图摒弃自欺，奋起追寻那永远追不到的真实，这样的人便成为人类灵魂的代表。灵魂向肉体复仇的模式就是这样在这些精英身上不断重演的。哈姆雷特最后死在爱他的兄弟的毒剑之下，而不是被仇人所杀，这种天才的剧情安排内涵深邃。凡灵魂上的创伤，往往来自所爱的人。在结局到来之前，哈姆雷特就有两次受到致命的伤害。一次是由他的爱人莪菲丽亚给予的，另一次是由他的皇后母亲给予的，两次伤害都以他心如死灰告终。

　　莪菲丽亚的美丽、纯真、对爱情的专一，以及她梦幻一般的青春少女的气质，是戏剧史中的千古绝唱，她的悲惨的结局让多少人伤心落泪。然而莪菲丽亚并不是仙女，她也是一名社会的成员，她身上打着这个社会的烙印，她的眼前蒙着那块欺骗的布。所以当在幽灵的启发之下换了脑筋的王子再次同爱人相遇时，她的言语、她在骗局中所扮演的角色，或者说她的"社会身份"便深深地刺伤了王子的心。他看到理想中的爱人一下子变得那般虚伪、造作、俗不可耐，于是理想破灭了，就像眼前一黑，光消失了一样。爱转化为无比的愤怒和恶意的挖苦。莪菲丽亚错在哪里呢？她并没有错，她仍然深爱哈姆雷特，"错"的是哈姆雷特自己。他用天上的标准来衡量地上的凡人，他要破除人活着的必要前提。他没有向爱人做解释就在内心悲哀地承认了失败，他在失败的结果面前只好忍痛同自己的世俗欲望告别，这欲望就是前面提到的"小小的瑕疵"的根源。同样的标准也用来衡量他自己：

> ▶ 我非常骄傲，有仇必报，野心勃勃；随时都
> 在转大逆不道的念头、多得叫我的头脑都装
> 它们不下，叫我的想象力都想不尽它们的形
> 形色色，叫我找不到时间来把它们一一实行
> 哩。像我这种家伙，乱爬在天地之间，有什
> 么事好做呢？我们都是十足的流氓；一个也
> 不要相信我们。[4]

　　但他还是不顾一切地要坚持十全十美的、以先王幽灵为象征的标准，于是世俗的活法成为不可能，他只好在失败中独饮幻灭的苦酒。这样一种自觉的承担与选择当然是深思熟虑的。在莪菲丽亚结束生命以前，哈姆雷特已经死了，告别了世俗欲望的他已不再是完整的人，是他用他的理想杀死了爱人，也杀死了自己，这样的死是为了追求美的极致。

　　皇后是一位平凡的女人，她爱哈姆雷特，也爱当今的皇上。她身上的"弱点"是人人都会有的，即肉欲和虚荣。也许她真的不知道真相，也许她不愿承认真相，更可能的是她处在模棱两可的知与不知之间，这种含糊的状态就是人的处境，她的形象的塑造妙就妙在这种未作交代的不明确性上头。但正是母亲的这种生存方式（像动物一样只顾眼前的方式），将哈姆雷特的心撕成了两半，如不是先王幽灵给予他理智，他在盛怒之下差点杀害了母亲。在哈姆雷特的火眼金睛里，

母亲是：

▶ 把日子／就过在油腻的床上淋漓的臭汗里／
泡在肮脏的烂污里，熬出来肉麻话／守着猪
圈来调情——(5)

　　如此的严厉是针对母亲也是针对他自己的，真相是每个人都没有
活下去的理由和资格……那幽灵逼得好苦啊！他奋力突围，但突不出
去，这所阴沉的大监狱真是把人变成鬼的地方，当然只是对觉醒的人
而言。觉醒的人就是处在人和鬼之间的人，他可以随意在两界来来往
往。所以哈姆雷特随时可以同先王的幽灵对话，母亲则只看见一片空
白。母亲只能在逼迫下拿掉遮在眼前的那块布，短暂地注视自己的灵
魂，不可能按哈姆雷特给她指出的路去生活，那条路对她来说意味着
死或变成僵尸。撇开她自身的本能欲望不说，难道她还能对那位多疑
而残忍的当今皇上不忠吗？她也不可能具有王子的勇气，那种在祷告
以外的时间随时凝视真实的超人勇气。所以在这个宫廷的牢笼里，人
只能苟且偷生，哪里有沸腾的生命力，哪里就有令人发指的罪恶，要
彻底杜绝罪恶的王子也只好牺牲。王子的牺牲当然不是消极的，而是
在矛盾的心情下同罪恶做决死的一搏。他终于用生命做代价突出了重
围，用超脱的眼光来看也可以说是以恶抗恶，或者说是让生命之力在
爆发中毁灭。没有比这更符合他的理想的结局了。

　　最后，哈姆雷特为什么一再犹豫，以致差点延误了报仇大业的原
因全清楚了。一切根源都在那善于自相矛盾的幽灵身上。幽灵给王子
指引的生活，实在是一种比死还难过的生活。人世间的地狱迅速地抽
空了他活下去的意义，鬼魂则逼着他用想象出来的意义（即鬼魂授予
他的天机）来获取精神上的生存。这样的事业难就难在人并没有完全
变成鬼魂，人也不再是完整的人，因而人的每一步都既为虚无感所折

磨，又为实在感而痛苦。两股强烈的情绪在灵魂上轮流拉锯，造成了他行动上的再三犹豫。那就像是先王幽灵将自身隐藏的矛盾传给了哈姆雷特，通过他将这人性永恒的矛盾在尘世的大舞台上激化到顶点，让生命的壮烈和艺术的张力留下不朽的篇章。复仇之路就是内心的一场拉锯战，激情内耗在自省的推理之中，留下"之"字形的痕迹，那种生命律动的痕迹。文明人的复仇是何等的艰难啊！但生命的冲动和精神的发展毕竟是不可抵挡的，四百年前发生过的奇迹在后来的时代里又不断得到了延续。丹麦的宫廷是一所监狱，也是一个舞台，台上表演的是人类文明的精华，扭曲的人性从重重阴谋的镇压之下凸现出来，以其纯净的光芒照亮着人心。那宫廷，不就是莎士比亚那阴沉又热烈的内心吗？

注：

（1）《哈姆雷特》，卞之琳、曹禺、方平译，浙江文艺出版社1991年版，第289页。
（2）同上，第291页。
（3）同上，第287页。
（4）同上，第335—336页。
（5）同上，第363页。

险恶的新生之路

——《哈姆雷特》分析之二

一、同幽灵交流的事业

人是无法同灵魂进行交流的。但任何时代里都有那么一小撮怪人，他们因为对尘世生活彻底绝望，又不肯放弃生活，于是转而走火入魔，开始了一种十分暧昧、见不得人的事业。哈姆雷特从正常人到"疯子"的转化过程，就是这个黑暗的事业逐步实现的过程。表面身不由己，被逼被驱赶，实则是自由的选择，血性冲动的发挥。

同幽灵的交流是一场革命，亡魂的出场直奔主题：它全副武装，让空中溢满了杀气；它这个挑起矛盾的祸首，对外人不感兴趣，一心扑在哈姆雷特身上，因为只有王子的肉身是他的寄托；它要掀起一场大风暴，造就王子分裂的人格。而在世人眼中，神秘的幽灵以先王的外貌现身，既高贵威严，又令人恐怖。因为一般来说，世人只会在极特殊的瞬间看见幽灵，即所谓"遭天罚"的瞬间，那种不自觉的不期而遇一般也不会改变人的生活。只有王子，在灾变的前夕已具备了革命的条件，也就是说，他萌生了抛弃这由阴谋构成的世俗生活的想法，又还没有彻底了断来自尘缘的冲动，他必须从幽灵那里获得精神的动力，来解决自身的矛盾。

哈姆雷特所处的社会生活的现状，由在位的国王做了这样的描述：他刚刚毒死了哥哥，举行了哥哥的葬礼，紧接着又举行盛大的婚礼，娶了哥哥的妻子。

▶ 仿佛抱苦中作乐的心情／仿佛一只眼含笑，

一只眼流泪／仿佛使殡丧同喜庆、歌哭相

和／使悲喜成半斤八两，彼此相应……(1)

　　这也是人在任何社会中的现状，人只能如此生活。但是哈姆雷特是那个社会里的先知，他不甘心就范，对他来说，与其在污浊中随波逐流，打发平凡的日子，他毋宁死。在求生不可、欲死不能的当口，幽灵出现了。由地狱之火炼就的幽灵，它不是来解救哈姆雷特的。谁也救不了他，他需要的是革命，是分裂。把自己分成两半的过程就是在最终的意义上成人的过程，否则哈姆雷特就不是哈姆雷特，而只是国王，只是王后，只是大臣波乐纽斯。那种成长的剧痛，可说是一点也不亚于地狱中的硫磺猛火。在煎熬的持续中，人只有发狂。幽灵的责任就是促成王子的自我分裂，在分裂中，王子必须一次又一次地同幽灵交流，不论幽灵在场和不在场，那种交流的努力不能中断。

　　父王的过世便是王子人格分裂的开始，他突然发现，自己已经脱离了所有的人，站在一个十分危险的境地。他不能再同自己的亲人与爱人一道生活，因为生活便是对死者的亵渎；他的心事也无法讲出来，因为它们属于不能表达的、黑暗的语言，只能藏在心中。自由人的承担就这样落到了他的肩上。热血的哈姆雷特不光承担，他还要行动。当幽灵间接地向他发出邀请时，他表白道：

▶ 如果它再出现，再借我父王的形貌／哪怕

　　是地狱张开嘴叫我别作声／我还是要对它

　　说话……(2)

　　他的话充分体现出拼死也要同幽灵沟通的决心。父王要他干什么呢？在他已无法生活的情况之下，父王的幽灵偏要他去干那最不可能的事——不但要他继续同恶人搅在一起，还要他搞谋杀。只有身兼天

使与魔鬼二职的幽灵才会如此的自相矛盾，让欲望在冲突中杀出一条血路。幽灵要求王子的只有一点："你要记着我。"对王子来说，记住它便是记住自己的心，记住自己的躁动，记住自己的爱和恨，还有什么能比这记得更牢？在同幽灵的沟通中成长了的王子，终于看清了自己要承担的是什么，用行动来完成事业又是多么的不可能。血腥的杀戮首先要从自己开始，也就是撕心裂肺地将自己劈成两半，一半属于鬼魂，一半仍然徘徊在人间。也许这种分裂才是更高阶段的性格的统一；满怀英雄主义理想的王子一直到最后也没有真的发疯，而是保持着强健清醒的理智，将自己的事业在极端中推向顶峰，从而完成了灵魂的塑造。

二、有毒的爱情

奥菲丽亚描述道：

▶ 他握住我的手腕，紧紧的，不放开／伸直了
手臂尽可能退回去一点／又用另外一只手遮
住了眉头／那么样仔细打量我的面容／好像
要画它呢。他这样看了许久／临了，轻轻地
抖一下我的手臂／他把头这样子上上下下点
三次／发出一声怪凄惨沉痛的悲叹／好像这
一声震得他全身都碎了／生命都完了……[3]

这是哈姆雷特割裂自己的成人仪式，还有什么比这更痛呢？告别终究是免不了的，他要进入人鬼之间的境界，那里容不得属于世俗的爱情，不管这爱情是多么的强烈。这样做的后果是发疯；他的疯，既是伪装，也是本真的崭露，二者之间的衔接天衣无缝。

幽灵使哈姆雷特换了一副眼睛。站在不同的境界里，王子看到了他

那理想中最美的爱情的阴暗龌龊的一面。两极总是相随，爱情的光焰越是绚烂，其褴褛、凄惨的另一面越是令人心酸。并非王子从前对此完全无知，只是现在的灾变使他重新开始了对爱情本质的认识。没有从天而降的、无缘无故的爱，莪菲丽亚也不是天使，只是一个普通的、家教很好的姑娘。如果王子的爱不是暴风骤雨般强烈，而是比较温和，也许他就能容忍莪菲丽亚身上的世俗之气。而事实是，他不能容忍她，也不能容忍自己；他必须要把自己弄得走投无路，将他的爱人也弄得走投无路，以这样一种极端的形式来爱，以自戕来表明心迹。这一切，都是由于同幽灵那场可怕的对话而起；见过了幽灵，杀气便在王子的体内升腾。不知情的莪菲丽亚没有发现爱情的质变，也不知道温文尔雅的爱人已经魔鬼附体，她成了这一场发狂的爱的牺牲。由此可见，幽灵并不是要哈姆雷特远离爱情，而是要他将世俗的爱情提升，即所谓"爱到发狂"。在幽灵的境界里，人一爱，就必然要发狂；人承担着自身的冷酷，用滴血的心，用不能表现出来的爱来爱。哈姆雷特式的爱也就是艺术境界中的爱。几百年以前的先辈早已通晓了爱的本质，他把成熟、独立的爱发挥到极点，让人们领略其中那阴郁可怕的内核；他让主人公建议他的爱人去进尼姑庵，以此来了断孽缘；然而他又并不让这孽缘了断，而是让纠缠越来越紧，最后以生命的消失告终。这种提升了的爱也可称为有毒的爱，一切都被毒化，都带着淫荡与猥亵的意味，对于主人公这样的心灵来说，与其爱，倒不如死。幽灵不让他死，要他活着来将这被毒化的爱情发挥到底，那就像上刀山，下油锅。透过王子那些爱情的疯话，读者可以感受到他内心熔岩般的热力，和坚冰一般的冷峻。人是如何样将这两个极端在灵魂里统一起来，造就了奇迹般的性格的呢？沉睡在每一个人体内的幽灵，一旦起来兴风作浪，会演出什么样的恐怖与壮美呢？难道不值得尝试一下吗？

　　莪菲丽亚的悲惨命运衬托出王子内心苦难的深重；她越是不知情，越是无辜，王子越是心痛，其过程犹如将一颗心慢慢地撕成两半。她的天真、温柔和纯洁无不提醒着王子关于虚伪、阴谋和毒计的存在，二者的不可分就如阴和阳，就如一个钱币的两面。而不管知情还是不知情，罪恶是先天的生存格局。只有那些异常的性格的人（如王子）才会去反抗。就这样，作为知情者的王子，用自己的手毁灭了他最珍爱的人。一半盲目一半清醒，魔鬼附体的他不假思索地犯下了深重的罪孽；只因为体内火山爆发使然，只因为血管里流淌着前世的冤孽。

三、人心是一所监狱

▶ 上帝造我们，给我们这么多智慧／使我们能
瞻前顾后，绝不是要我们／把这种智能，把
这种神明的理性／霉烂了不用啊。可是究竟
是由于／禽兽的健忘呢，还是因为把后果／
考虑得过分周密了，想来想去／只落得一分
世故，三分懦怯——[4]

结局一直在延误。当然不是由于世故，也不是由于怯懦，而是由于作为一个活人，王子没法脱离生活。生活是什么？生活就是内心的两个对立面的厮杀，那种厮杀发生在以丹麦王国为象征的心的监狱里，既阻碍着，又推动着王子的事业的最后完成，"之"字形的、由一张一弛造成的轨迹就是厮杀过程中留下的。

幽灵给王子指出了复仇之路，实行起来才知道复仇的涵义是寸步难行。于是冲撞，于是在冲撞中自戕，于是在自戕中同幽灵进行那种单向的交流，把"复仇"两个字细细地体味。却原来复仇是自身灵魂对肉体的复仇；凡是做过的，都是不堪回首，要遭报应；凡是存在的，都是应该消灭的；然而消灭了肉体，灵魂也就无所依附；所以总处在要不要留下一些东西的犹豫之中。首先杀死了莪菲丽亚的父亲，

接着又杀死了莪菲丽亚（不是用刀），然后再杀了她的哥哥……细细一想，每一个被杀的人其实都是王子的一部分，他杀掉他们，就是斩断自己同世俗的联系，而世俗，是孕育他的血肉之躯的土壤。尘缘已尽的王子终于在弥留之际向那虚幻的理念皈依。那过程是多么的恐怖啊，囚徒高举屠刀突围，砍向的是自己的躯体。然而又怎能不突围呢？怎能怀着满腔的怨愤不明不白地活或者死？人心啊，究竟是怎么一回事？！为什么冲动和理智总是恰好相反？为什么它们之间的拉锯已持续了几千年，还没有锯断坚强的神经？为自己造下监狱的囚徒，他到底要干什么？哈姆雷特不知道。他只能听从心的召唤，那神秘的召唤将他引向他要去的地方——黑暗的虚无。然而他还活着。活着就是延误，报仇雪耻只是理念的象征，牵引着他往最后的归宿迈步。

被幽灵启蒙之后，对心的囚禁才真正被王子意识到了。意志过于顽强的哈姆雷特没法真的发疯，所有的"疯"都是被意识到了的，即使是事后的意识。然而这种"疯"又同俗人常说的"装疯卖傻"完全不同，因为它确实出自心的冲动。一边冲动一边意识，这就是"监狱"的涵义。确实，如果没有强力的、自觉的监禁，灵魂的舞蹈就没法展开，连理念也会随之消失。

▶ 人是多么了不起的一件作品！理性是多么高贵！力量是多么无穷！仪表和举止是多么端整，多么出色！论行动，多么像天使！论了解，多么像天神！宇宙之华！万物之灵！ [5]

为了朝这个大写的"人"的方向努力，哈姆雷特才自愿将自己变成囚徒，否则就只能成为"乱爬在天地之间的"东西。丹麦城堡里长年见不到阳光，到处散发出腐败的霉味，但它里面确实也孕育了像先王和哈姆雷特王子这样的、如太阳般灿烂的一代英才，他们发出的光，刺破了世纪的乌烟瘴气，显示了人性不灭的真理。这样的监狱是阴森的，也是高贵的。

▶ ……一个糊涂蛋，可怜虫，萎靡憔悴／成天
做梦，忘记了深仇大恨／不说一句话；全不管
哪一位国王／叫人家无耻地夺去了一切所
有／残害了宝贵的生命！我是个懦夫吗／谁
叫我坏蛋，打破我的脑壳／拔下我的胡子来
吹我一脸毛／拧我的鼻子，把手指直戳我的
脸／骂我说谎？⁽⁶⁾

延误中的每一刻，心都要受到这种严酷的拷问、煎熬，监狱的刑罚官铁面无私，人是无处可逃的。人在逼迫下一步步交出他最心爱、最珍贵的一切：爱情、亲情、友谊，直至最后交出肉体。不要设想会有丝毫的赦免，相反，刑罚只会越来越可怕，如果你的意志承受不了了，你就只能放弃做一个"人"的努力，沦为单纯的"乱爬在天地之间"的家伙。所谓"英雄本色"就是这种无限止的忍耐力，这种致命的钳制之中的冲动——每一次的冲动都被自己冷酷地扑灭，到头来仍然要死灰复燃，向命运发起更猛烈的冲锋。由此哈姆雷特的命运形成了这样的模式：忍耐—爆发—再忍耐—再爆发。如果不是戏剧的需要，这个过程是不会终结的。爆发只是一瞬间的事，而忍耐，构成了他的日常生活，他成了历史上最忧郁的王子。

▶ 啊，从今以后，我的头脑里只许有流血的
念头！⁽⁷⁾

王子的这句话是痛悔自己的拖延，也是激烈的敦促。决心尽管已

下，人却改变不了自己的本性。以哈姆雷特所受的教养，他的坚强的理性，他的深邃的思想，他注定了只能有"哈姆雷特"式的复仇。住在哈姆雷特体内的幽灵当然也早就洞悉了这一切，他没有给王子任何具体的指教，只是简单地要求他"记着我"。当然这句话也是多余的，先王就是王子的魂，他将最激烈的冲突、最热的血全盘遗传给了王子，王子又怎么会忘记呢？复仇是什么？复仇就是重演那个古老的、永恒的矛盾，即在人生的大舞台上表演生命。而真实的表演又不是一步可以达到的东西，它是一个没有结果的、惨痛的过程。所以在幽灵的描述里，王位、社稷等等被抛到了一旁，它一心只想对王子谈它的仇和恨，以启动他内在的矛盾。仇恨激起来了，幽灵的目的也达到了。处在同一个精神模式中的先王和王子，他们的精神世界正是人类精神长河发展的缩影，这部戏剧所具有的不衰的生命力也就在此。敢于囚禁自己的艺术家，其作品必然闪烁着永生的光芒。

四、"说"的姿态

在这一场悲剧的自始至终，哈姆雷特可说是完全忽略了世俗意义上的"现实"，什么王位，什么国家的前途好像都不在他的考虑之内，他以作者的艺术自我现身，将焦点全部放在人心这一件事上头，于是他自然而然成了人性的探险者，并且一旦开始这种无畏的探险，就绝不回头。一个人，既然已看透了人心的险恶，已不对生活有任何幻想，为什么还要活在这世上呢？当然是为了那桩最伟大的事业——"说"的事业。在黑暗污秽的映衬之下来说人的梦想，人的向往，人的追求；不仅用嘴说，最主要的是用行动来说，来表演给世人看。他要让大家知道，他是多么的不甘心死去，他追求的那个世界又是多么真实的存在。请看他对企图自杀的好友霍拉旭怎样说：

▶ 啊，霍拉旭，这样子不说明真相／我会留下个

受多大伤害的名字／如果你真把我放在你的心
坎里／现在你就慢一点自己去寻舒服／忍痛在
这个冷酷的世界上留口气／讲我的故事。[8]

　　他并不是自己要死的，虽然活比死难得多，他的心却没有死的冲
动，只有求生的挣扎。自从高贵的父亲的死给他举行了成人仪式以
来，他所做的一切，就是如何在阴森的监狱中存活，不光活，还要
把有关生命的一切告诉大家，以受难的躯体来为人们做出榜样。通过
他的口头与形体的述说，人们看到了心怎样在可怕的禁锢中煎熬；爱
情和亲情惨遭扼杀；极度的愤怒与仇恨和对这愤怒与仇恨的无限止的
压抑；以及没完没了的扑灭生的欲望的制裁。所有这一切，在催生着
那个大写的"人"。也许在世俗的现实中，哈姆雷特永远达不到"人"
的形象的标准，在他身上发生的事毋宁说是刚好相反；但在心灵的现
实中，在王子那倔强的"说"的姿态里，"人"的形象已脱颖而出，一
个比先王更坚韧、更执着的形象，一个新诞生的年轻的幽灵。

　　再想想王子说过的："人是多么了不起的一件作品！理性是多么的
高贵！力量是多么的无穷！仪表和举止……"[9]

　　他自己不能，我们大家也不能成为他说的那个"人"，只有说的
姿态在展示着未来的可能性。

注：

（1）《哈姆雷特》，卞之琳、曹禺、方平译，浙江文艺出版社 1991 年版，第 271 页。
（2）同上，第 280 页。
（3）同上，第 304 页。
（4）同上，第 378 页。
（5）同上，第 317 页。
（6）同上，第 328 页。
（7）同上，第 138 页。
（8）同上，第 426 页。
（9）同上，第 317 页。

两种重建

——《哈姆雷特》分析之三

▶ 时代整个儿脱节了；啊，真糟，天生我，偏
　要我把它重新整好！ (1)

　　哈姆雷特要惩罚罪恶，重建正义的王国，这是一条贯穿全剧的表面的主线。如果在这条主线之下没有心理的层次，那么讲述的就是一个常套的、庸俗的故事，即使再精彩，也只是叙述了现象，没有触及本质。高级的文学都是有层次的文学，下面的世界同表面的世界形成对称，随叙述的推动遵循各自的规律一道向前发展。没有表面的框架，叙述就失去了界限；没有内在的层次，叙述就成为干瘪的俗套。在这个意义上，《哈姆雷特》是几百年前的文学先辈创造的完美的艺术典范。作者不是要讲宫廷阴谋的故事，而是要讲人性的故事，要从更深的层次上为世人启蒙，让人看清自己所处的现实，让人心向好的可能性发展。但是这种特殊的文学只能出自天才的手笔，任何事先的构想和策划均与它无关，因为人心是一个无底洞，单凭理性人不可能窥见它的秘密；在那个无底的黑洞里，勇敢的探寻者凭蛮力获得源源不断的灵感，往往能意外地创造出文学上的奇迹。但这种情况是很稀少的，就是同一位艺术家，也不见得每篇作品都能深入到那个秘密的王国，这要依靠天赋和机遇。

　　重建丹麦王国的努力是一种全盘失败的努力。被时代教养出来的王子身上处处打着时代的烙印，每一次行动给人带来的总是无穷无尽的沮丧；越行动，反而离理念中的目标越远，就好像是既糟蹋自己又

在世俗中乱搅一气，弄得亲人丧命，仇人逍遥，最后的结果也是不了了之，将重建的计划草草作几句交代便收场。是什么东西在作者内心作祟，使得他讲述了这样一个古怪的故事呢？当然是艺术的直觉在作怪，这种直觉让笔带领作者前行，去那陌生的风暴里，于是表面的叙述框架便具有了全新的、同常识相反的意义。

哈姆雷特是丹麦宫廷里一起杀父和复仇阴谋中的英雄，是正义的光辉象征。但是作者对于"英雄""正义"这些常套的用词却有着他独特深入的解释，他成功地用戏剧语言完成了他那天才的解释。通过他的解释，我们看到正义是被掩埋在历史沉渣底下那看不到的理念；而所谓的英雄，只是一个内心阴暗绝望的、快要变成幽灵的人。然而这就是真相，有勇气凝视真相的人，才能谈到正义、良心这类字眼，也许还有美感。实际上，无论哈姆雷特根据自身的教养（或本能）如何行动，等待他的总是失败。也就是说，他同父王所信守的正义的理念在世俗中是以失败来阐释的。要实现正义，简直比登天还难；每走一步，每死一个人，良心上的罪感就增加一重；到了最后正义变得遥不可及，而是否能真的实现它简直就无关紧要了。但在那激动人心的悲剧情节中，读者是不会去关心结果的，因为结果就是既定的没有结果，正义的理念只会在行动者的心中闪光，并萦绕在读者的脑际，从而将那无望的、昏沉的夜刺破。读者因而陷入这个问题的沉思：哈姆雷特在注定要失败的王国重建的企图之下，隐藏着什么样的更深的，也许连他自己也没意识到的企图呢？这一再的延误到底是为了什么呢？

▶ ……我们用不着怕什么预兆。一只麻雀，没有天意，也不会随便掉下来。注定在今天，就不会是明天；不是明天，就是今天；今天不来，明天总会来：有准备就是一切。[2]

从以上哈姆雷特的话可以看出，他的愿望和行动都只能出自"心"的指示，他是一个按本能行事的人（当然本能不会赤裸裸地现身，它奇妙地同他自身的教养素质重合），而本能创造的每一奇迹，都是灵魂的重建。人通过摧毁来达到认识，边做边觉悟。这个沉痛的过程是不知不觉的，正如同艺术的创造不能被意识到一样。王子像是随波逐流，又像是被一股魔力所摄住；有时犹豫得莫名其妙（如一再放过恶贯满盈的国王，在宫廷里游游荡荡），有时又杀气腾腾（如错杀波乐纽斯）；总之一招一式都没有了定准，连自己也完全没有把握，事情来了才会随机应变。王子的这种状况正是那种塑造灵魂的境界。谁也没法知道灵魂是什么样的，当人不去想它时，它就好像不存在一样，它的崭露只同一样东西有关，那就是生的冲动。哈姆雷特于无意识中做下的那些事，正在改变着先王遗传给他的灵魂的形象，他用更趋于极端的表演，刷新着精神的历史。

▶ 死，就是睡眠／睡眠，也许要做梦，这就麻
烦了／我们一旦摆脱了尘世的牵缠／在死的
睡眠里还会做些什么梦／一想到就不能不踌
躇。这一点顾虑／正好使灾难变成了长期的
折磨。[3]

不管是出于什么顾虑，王子选择了灾难，选择了长期的折磨，在进行失败的丹麦王国重建工程之际，成功地重建了王国的魂。这种新型的国魂，具有自我意识的幽灵，只能在无意识的盲目奔突中产生，自始至终只能是死而后已的牺牲。只有那些窥破了人生意义的人，才会一不做二不休，豁出去把人生当舞台来表演一回。所以又可以说哈姆雷特重建的是艺术之魂。这种工作排除了功利的因素，一心只向往那纯净的境界。在无名的焦虑的驱动之下，王位啦、社稷的安危啦之

类的俗事全都不加考虑，王子只对一个人负责，就是那似有若无的幽灵，于是所谓的"复仇"和惩恶扬善成了一团混乱的杀戮。这一切显然是出自作者那个艺术自我的阴险安排，它要跳出来唱主角，就将一切现有的都变成了道具。一定是有某种无法遏制的渴求，某种阴郁的满足感，哈姆雷特才会专注于这种工作的。由地狱的幽灵给他描绘的恐怖境界的上面，是这两个不甘堕落的灵魂日夜向往的所在；那种上瘾似的向往，一旦开始了，就永远不会中止。于是人，根本不关注自己的行为后果了，就是自己干了些什么，也是不太清楚的（那也许于王国有利，也许正好相反）。他的目光始终停留在那空无所有的高处，同虚无进行那种精神的交媾。而为了精神的活动与发展，人只好做出那些不三不四的举动，称之为"复仇"也好，"伸张正义"也好，"滥杀无辜"也好，"六亲不认"也好，一切都变得没有界限，暧昧不明了。又由于这暧昧和混沌，更衬出精神的明净。表面上，先王给他指明的路是杀死国王，报仇雪耻，教育王后，警醒世人。这只是说得出来的套话（凡说得出来的都只能是套话），说不出来的是什么，哈姆雷特已从血液中感到了，从心跳中确认了，所以之后他的行动，就不是遵循那些套话，而仅仅遵循心的指示和血的冲动了。他的确是先王的骨血啊。

先王类似于人的原始记忆，一种人不能重返而又下决心要重返的记忆，人只能用一种方法来复活古老的记忆。那就是创造，就是出自心灵的表演。哈姆雷特所做的就是这个。自从一道深渊将他同父王隔在两边，父亲变成了记忆以来，精神恍惚的王子每时每刻都沉浸在那些记忆里头。但是，人死了不能复生，王子再也无法知道父亲的真实体验，因为沟通的门已经永远关上了。绝望的王子不愿放弃，仍在徒劳地努力，这时奇迹就发生了。父王的幽灵出现，并传授给他行动的秘诀——用复仇的行动来刷新父王的痛苦、欢乐、仇恨、爱、严酷、阴险等等一切。只有这条路是重返的唯一的路。人只有付诸行动，深层记忆才会复活，并转化成新的，更鲜明而有力的形象记忆。或者说，王子要生动逼真地记住父王，就只有把自己看作父王的化身，自己取代原先的父王。这也是父王那句令王子刻骨铭心的话"再见，记住我"的真实含义。否则再强烈的记忆也会随时光的流逝渐渐淡漠，而终于消失。

艺术是返回，也是重建人的原始记忆；执着于那种记忆、被世俗所逼的人只有奋起进行艺术的表演，这表演是人生的唯一的意义。体验到这一层，就会找出王子行为古怪的原因。可以说，自始至终，王子并不急于报仇；他的心思，不由自主地放在另外一件事上，那件事才是他魂牵梦萦的，至于那是件什么事，他不十分清楚，只有直觉。所以我们看到的复仇是令人沮丧的，它既无事先的策划，也无必胜的信心，一切都是即兴表演。但这正好是先王所要求的那种复仇。"记住我"就是记住每一阶段的内心体验，就是记住那些细节，结果反倒无关紧要了。王子的心不在焉，其实是为潜意识左右的精神状态；他总在细细体验，内心的斗争总是天翻地覆，斗争的焦点总是那个还要不要活下去的问题。胸中城府深不见底的幽灵将他拖下水，就是要他拼命挣扎，他对王子那么大的本能以及他对自己的强烈的爱是很有信心的。一句"记住我"原来有如此深邃的含义，这是观众所始料不及的。记住父亲就是同时间作战，用新的事件使旧的记忆复活；记住父亲就是让人格分裂，过一种非人非鬼的奇异生活；记住父亲就是把简单的报仇雪恨的事业搞得万分复杂，在千头万绪的纠缠中拖延；记住父亲就是否定自己已有的世俗生活，进入艺术创造的意境，在那种意境里同父亲的魂魄会合；最后，记住父亲就是自己取代父亲。一个生动的，崭新的幽灵形象再生了。

读完全剧之后才会明白，重建丹麦王国的意义就在复仇的过程当中，哈姆雷特用失败的行动所建造的，是一个以人为本的王国。那也许是一个虚幻的理念，但他的热血，他的青春的生命，都在证实那个王国的存在。只要人在这样的精彩表演面前还能感动，还能爱和恨，那个王国就不会消失。也许作者对于这一点并不完全自觉，但这丝毫不影响作品所达到的深度，所有的纯艺术都会具有这样的魅力，因为它是从人的黑暗的根源之处生长出来的。又由于这类作品深不见底，探讨也就没有止境。

我们也明白了，"天生我，偏要我把它重新整好！"这句话一点都不是夸大。主人公的绝望的努力中，孕育着新的人性的希望，使观众不得不相信：人类，无论到了多么凄惨的地步，也还是会继续发展的；精神，即使是被千年沉渣所覆盖，其光芒总是挡不住的。精神王国只能是，也永远是在失败中重建，人所经历的打击越惨痛，精神的升华越纯净。这，就是丹麦新王国的含义所在，也是英勇的王子所追求的人生意义。

由此可知，艺术意义上的王国或人格重建同策划、同理性的构想全都无关，它的依据仅仅是内在的冲力，行动的契机则是外部条件（这个"外部"也是被主体内在化了的，或者说认识过了的东西）的变化。人如果能不断冲动，也就能不断重建，不断改写历史。哈姆雷特便是以他那种罕见的生命力的冲动，浴血的搏斗，将理念变为崭新的形象，令观众永远铭记心头的。伟大的戏剧表演的是时间本身，所以才能够不朽。

注：

（1）《哈姆雷特》，卞之琳、曹禺、方平译，浙江文艺出版社1991年版，第299页。
（2）同上，第419页。
（3）同上，第333页。

罗马的境界

——读《裘利斯·凯撒》之一

▶ 在他们那一群中间，他是一个最高贵的罗马
　人：除了他一个人以外，所有叛徒们都是因
　为嫉妒凯撒而下的毒手；只有他才是激于正
　义的思想，为了大众的利益，而去参加他们
　的阵线。他一生良善，交织在他身上的各种
　美德，可以使造物肃然起立，向世界宣告，
　"这是一个汉子"。[1]

　　这是一个有点神秘的剧本。以阴云密布的氛围做背景，作者并不
是要陈述众所公认的陈腐的历史故事，而是要叙述另外一种心灵的历
史。也许是艺术家的本能促使他超越了文本的古典模式，同时也将读
者的注意力引向了另一个陌生神奇的王国。这个五幕剧的核心是罗马
境界。什么是罗马境界呢？罗马境界就是勇敢无畏，以及彻底的牺牲
精神。这个境界接近于宗教的境界，而作者的目的，就是要讲述这种
境界。但这种境界是艺术家的一种升华，它很难直接讲出来，这就难
怪在本文中有一些"缺口"，有一些突兀的、不能理解的转折，而剧
中的角色，看上去有时简单得令人诧异，有时又复杂深奥得让人捉摸
不透。

　　剧中有两个人达到了罗马的精神境界：一个是出场不多的凯撒，
另一个就是这出悲剧的真正的主人公勃鲁托斯。只有这两个人是有着
内心反省的高贵自觉的罗马人，他们明显地高出于周围的俗众，并将

自己的生命献给了正义的事业。

　　剧情一开始，历史将勇敢的凯撒推到了荣誉的巅峰。本该心中充满了幸福和自豪，与众人同乐，剧中出现的却是一个心事重重、忧郁而情绪低落的人。人群中有一个预言者在提醒他留心三月十五日，那人就像凯撒自己心中的预感，那还未被他弄清的预感——轮到他做牺牲了，为罗马的事业而牺牲。在如此重大的变故到来之前，有着复杂的精神生活的凯撒怎能不忧心忡忡？所以他因为精神上过分的重压而晕倒在地了。这在旁人看来是难以理解的。当死亡的阴影盘旋在头顶时，凯撒愤怒而沮丧，因为对他来说，放弃生命并不是一件轻而易举的事，而他偏偏又是一个爱罗马超过了爱生命的人，所以他在走到牺牲的尽头之前还有一段路。他愤怒是因为深知人心叵测，人与人无法沟通；他沮丧是因为满腔的忠诚无处诉，只能藏在心里。精神压抑到极点又找不到出路，终于崩溃而晕倒。但是有一个方法可以将他的忠诚昭示于众人，这个方法还没有被他清醒地认识，却被他的密友勃鲁托斯想到了。这个方法就是用他的血来作为献祭，同时也为众人做出榜样。要达到这个目的就要进行一场心灵的战争。在这场隐形的战争中，勃鲁托斯是清醒的，凯撒却一直处在朦胧中，就像勃鲁托斯成了凯撒人生剧的导演。一直到了最后，死亡降临，凯撒看见好友的剑刺向他，才明白了自己的宿命。

▶ 勃鲁托斯，你也在内吗？那么倒下吧，凯
　撒！——凯撒(2)

　　他明白了一切。
　　这种历史与想象的奇妙的巧合便是艺术的事业。莎士比亚的事业是要创造艺术的凯撒，而不是模仿历史人物凯撒。罗马精神是他境界

里的最高精神，他的所有的剧中人都以不同的方式追求这种精神，大部分人虽不自觉，却都能将自己的生命置之度外，如凯撒说的"人们的贪生怕死是一件最奇怪的事情"。

凯撒遇害前有很多可怕的预兆，但无论什么也阻挡不了他去干自己的日常工作，他在生前就已超越了死亡。当然，偶尔他也有软弱的叹息：

▶ 唉，凯撒，人心隔肚皮啊，想到这里我不禁
　心酸。⁽³⁾

人生就是一场令人心酸的戏，人如果一味沉浸在伤感中，就会什么也干不成了。罗马的事业需要无数的牺牲，需要流成河的血来作为生长的养料，而伟大的凯撒，被罗马选中了来做牺牲。虽然他自己暂时不知道。这个被选中的人在人们心中，甚至在敌人心中，也是那么完美。只可惜人作为人，就免不了要妒忌，要诽谤和谋害别人。由勃鲁托斯领导的凯歇斯和凯斯卡一群人，就是人的世俗的形象，他们的存在，就是英雄生长的土壤，而他们同凯撒的沟通，则是通过凯撒的死来实现的。请看凯歇斯自杀前的表白：

▶ 这柄曾经穿过凯撒内脏的好剑，你拿着它向
　我的胸膛里刺了进去吧，不要延宕和争辩。
　来，把剑柄拿在手里，等我把脸遮上了，你
　就动手。（品达勒斯刺凯歇斯）凯撒，我用
　杀死你的那柄短剑，替你复了仇了。⁽⁴⁾

罗马的历史，就是在这种悲哀中向前发展的，即在不可沟通中用非常的方式来实现沟通，一次又一次的杀戮，将那事业推向高峰。凯

撒在临终时看到了勃鲁托斯，他最敬爱的、绝对相信的朋友，这个人的出现在一刹那间照亮了他大脑中的混沌，让他领悟了自己做牺牲的意义，他死也可以瞑目了。然而事情还没有完，凯撒的死还只是一个前奏，随之展开了勃鲁托斯的精神历程，那更为复杂而自觉的历程。他同凯撒前赴后继，将一桩伟大的事业最终实现。

▶ 多少年代以后，我们这一场壮烈的戏剧，将
　要在尚未产生的国家，用我们所不知道的语
　言表演！
▶ 凯撒将要在戏剧中流多少次血……(5)

　　勃鲁托斯和同党们用凯撒的血洗手；勃鲁托斯胸膛里跃动着崇高感；这对于我们今天的读者来说，不是一件很奇异的事么？我们这些善于遗忘的人们啊，早已忘记了我们祖先的光荣，当然也就不会懂得他的那种感动。

　　牺牲前的那种氛围充满了暗示，就如同凡人即将见到神灵时的情景，说不出口的那个词正因为说不出，才会充满在空气中。有一个告密者将一封信呈交给死亡门槛前的凯撒，但凯撒没有读那封信。他虽处于模糊的境地，内心一直在竭力要猜破这人生之谜。他活着的时候不可能猜破，他只能不断地猜，猜到底。

▶ 不，凯撒绝不躲在家里。凯撒比危险更危
　险，我们是两头同日产生的雄狮，我却比它
　更大更凶猛。凯撒一定要出去。(6)

　　也就是说，他是遵循心的召唤而行动的，心所要求于他的，绝不会为危险所阻拦。三月十五日的氛围向凯撒所暗示的，是神的启示，

也是来自灵魂深处的启示，这种启示人是永远不可能完全懂得的，只能倾听。凯撒当然一直在听。

罗马的事业由凯撒的牺牲告一段落，但远远没有结束，它不以人的意志为转移地引出了更大的、更复杂的人生之谜。凯撒的角色很快就由他的密友，谋杀策划者勃鲁托斯接替了。

勃鲁托斯是一位了不起的先知，他的推理和预见的能力无与伦比，从事情的初始，他那具有穿透力的目光就看到了周围的人所看不到的东西，没有人比他更熟谙人的本性，也没有谁比他更懂得"牺牲"这个词的深邃含义。

▶ 自从凯歇斯怂恿我反对凯撒那一天起，我一
　直没有睡过。在计划一件危险的行动和开始
　行动之间的一段时间里，一个人就好像置身
　于一场可怕的噩梦之中，遍历种种的幻象；
　他的精神和身体上的各部分正在彼此磋商；
　整个的身心像一个小小的国家，临到了叛变
　突发的前夕。(7)

他之所以要杀凯撒，其理由和他要杀自己是一样的。不是因为凯撒犯下了某个具体的罪，而是因为凯撒活着就会同罪连在一起。为着事业，必须用凯撒的牺牲来促进人们的认识；为着那个崇高的目标，人必须让血染红自己的双手。他作为一群盲目的人中的先知，肩上的担子如此沉重，叫他如何睡得着觉？在杀死凯撒之前，他已经杀死过自己无数次了。他在这种残酷的推理战争中，脑海里有一个清晰的时间的模式，他要把这个时间的形态付诸实施，当他这样做的时候，在他背后有一个新的时间模式已模糊成形了，勃鲁托斯当时并没有看见

这个模式，他毕竟不是神。

勃鲁托斯的纯粹性近似于宗教徒，牺牲是他生活的宗旨。杀死了凯撒之后的变故，使他隐隐约约地看见了另一种出路，而他自己和众人，此时都处在了当初凯撒所经历的那种同样的氛围之中。神有话要对他们说，但神不开口，要他们自己去意会。勃鲁托斯看到了什么？意会到了什么？杀死了凯撒，人们并没有获得自由与解放——自由与解放岂是可以一劳永逸地"获得"的？凯撒的英灵开始兴风作浪，反扑开始了。也许勃鲁托斯从战争一开始就预料到了必败的结局，这个结局同他那阴郁的推理是重合的。这就更显出英雄的大无畏的气概。

▶ 记得三月十五日吗？伟大的凯撒不是为了正
　义的缘故而流血吗？倘不是为了正义，哪一
　个恶人可以加害他的身体？——勃鲁托斯[8]

现在正义的牺牲轮到他和他的同伴了。罗马要求的并不是被动的牺牲，那不是罗马人的风范。他们必须竭尽全力挣扎反抗，直至最后献出自己的生命，这才是罗马的境界。于是勃鲁托斯带领他的军队去进行那必败的战争了。在这个转化中，勃鲁托斯的情绪如同凯撒当初一样，阴沉而绝望。爱妻为他而死，自己的势力一天天衰微，最后连好友凯歇斯也先他而去……没有任何人理解他心中的事业。那么到底是什么在支撑他的精神呢？当然是罗马境界，这个境界里没有利益，只有受苦和牺牲，凯撒就是为此而死。勃鲁托斯终于在结局快来时明白了：他必须献出自己。

▶ 大家再会了，勃鲁托斯的舌头差不多讲完了
　他一生的历史；暮色罩在我的眼睛上，我的
　筋骨渴想得到它劳苦已久的安息。——勃鲁

托斯 [9]

精疲力竭的主要不是他的身体，而是那至死不息的推理和反推理的精神，当初这种精神协助凯撒完成了献祭，现在又将他本人推上了祭台。

▶ 凯撒，你现在可以瞑目了；我杀死你的时候，
　　还不及现在一半的坚决。——勃鲁托斯 [10]

勃鲁托斯无疑是剧中最有自我意识的人，但即使是他，也不能预先意识到自己的灵魂历程，因为这个历程要靠自己在半盲目半清醒中走出来。事发之前他同好友凯歇斯的对话说的就是这种情形。

▶ 告诉我，好勃鲁托斯，您能够瞧见自己的脸
　　吗？——凯歇斯
▶ 不，凯歇斯，因为眼睛不能瞧见它自己，必
　　须借着反射，借着外物的力量。 [11]

凯撒也许可以算他的一面镜子，还有他的朋友、同伙、爱妻、敌人，通通都是他的镜子。在这个意义上，勃鲁托斯有点类似于大写的"人"，或正在创作中的艺术家。他涵盖了人性中的一切，因而能够调动一切；没有什么事能使他大惊小怪，使他偏离心的召唤；他生活在永恒的时间当中。这样的人当然是不朽的。从将好友送上祭坛开始的勃鲁托斯的精神跋涉，一直是在大苦大难中辗转。他的追随者们全都怀着世俗的热情，只有他一个人是清醒的受难者。这种受难同宗教有着类似的形式，但并不等于宗教。因为它是鼓励、依仗世俗的卑鄙的或崇高的激情，以此作为跋涉的动力。勃鲁托斯高出于一切人，同

时他又丝毫不比人群中的任何一个人高；他是凡夫俗子中的先知，他本人又是一个真正的凡夫俗子。于是同宗教的追求相比，勃鲁托斯的追求少了些清高，多了些人间烟火味。

对于一般人来说，勃鲁托斯对安东尼的态度尤其不可理喻。凯撒被刺死之后，他允许安东尼登上讲台去歌颂凯撒，为凯撒抱屈。难道他不知道这样做会激怒民众？他当然应该知道，怎么会不知道呢？也许安东尼所做的，正是他勃鲁托斯想做的事，至于后果，那是属于命运范畴内的大事，任何人都无能为力。

▶ 在你的哀悼演说里，你不能归罪我们，不过
  你可以照你所能想到的尽量称道凯撒的好
  处，同时你必须声明你说这样的话，曾经得
  到我们的许可。——勃鲁托斯（12）

勃鲁托斯这些奇怪的话有点像是出自神灵之口，他似乎在有意挑起安东尼和民众的愤怒，然后自己往刺刀上撞。更可能他并没想那么多，只是出于直觉忠实于内心的情绪说了那些话——一个无畏的、光明磊落的罗马人的情绪，这样的人将牺牲看作天职。如同意料中的那样，民众和安东尼都被激怒了，复仇开始，命运的轮子转满一圈，重复向前。

▶ 今天这一天必须结束三月十五日所开始的工
  作。——勃鲁托斯（13）

这句话是勃鲁托斯在激战前的预言。他的关于发动冲锋的理由虽充分，却又有点暧昧，似乎他渴望的不是胜利而是失败的到来。当然他并无把握，只能干起来再说。

▶ 唉！要是一个人能够预先知道一天工作的结
　果——可是一天的时间总要过去，事情总要
　见分晓。⁽¹⁴⁾

　　这种情况很像艺术家突围前的心态，他知道那种境界永远到达不
到，但每一次都抱着侥幸全力以赴；他知道唯有一件事是确定的，那
就是牺牲。在他的带领下，追随者一个又一个地死去，如他所说，凯
撒"英灵不泯，借助我们自己的刀剑，洞穿我们自己的心脏"⁽¹⁵⁾。三
月十五日的意义就在这里。

　　读完全剧，勃鲁托斯的形象便完整起来了。所有那些缺口和突兀
之处，原来都是由于我们的眼光受制于世俗所致；勃鲁托斯所遵循的，
不是世俗的规律，而是神秘的召唤；他的内心是一片动荡不安的国土，
里面战事不断，硝烟弥漫。他又是最善于将对立的双方达成统一的魔
法师，他是作者最高理想的化身。只有那些具有和他同样境界的读
者，才有可能破译他那些谜一样的举动，并在破译的过程中同他，也
同作者一道向那人生之谜突进。产生于诗人莎士比亚笔下的这个传奇
般的人物，对他的解释已经持续了几百年，还将一直持续下去。我们
通过对他的接近重新体验古老的"英雄"概念究竟是怎么一回事，同
时也清理一下我们那沉积的记忆，看看理想究竟是如何丢失的。

注：

（1）《莎士比亚全集》第五卷，朱生豪等译，译林出版社 1999 年版，第 273 页。
（2）同上，第 229 页。
（3）同上，第 223 页。
（4）同上，第 267 页。
（5）同上，第 231 页。
（6）同上，第 221 页。
（7）同上，第 212 页。
（8）同上，第 250 页。
（9）同上，第 272 页。
（10）同上，第 272 页。
（11）同上，第 197 页。
（12）同上，第 234 页。
（13）同上，第 265 页。
（14）同上，第 265 页。
（15）同上，第 269 页。

心理层次

——读《裘利斯·凯撒》之二

罗马城是一座梦幻之城，天空和大地充满了各种各样的兆头；清醒的做梦者在街上行走，随口说出寓言；而在城中生活的每个人，都有释梦的职责。在这座城里，陈腐的历史被演绎为一部人的伟大的精神悲剧，剧中的每个人物，已转换了世俗的身份，成为一桩秘密的事业的执行者。这些不同的角色，又体现着人的不同的心理层次，将这丰富的史诗成功地在舞台上演出。似乎所有的人都是一个人，或者说，一个人被按心理层次的深浅来分裂成各种不同的角色。

勃鲁托斯的密友和爱将凯歇斯就是这样一个有点神秘的人物。他具有火一般的性格，不亚于勃鲁托斯的感悟的能力，但他并不是勃鲁托斯那样的学者型的人物，他是一个涉世很深的行动者。他不像勃鲁托斯那样总是沉浸在那种抽象的境界里，而是像一个分裂的人一样，随时可以站得很高地评判自己和别人的行为，既世俗又超脱，将完全矛盾的事浑然不觉地做下去。在叛变的群体中，只有他是最能理解勃鲁托斯的人，他也是在追求事业方面做得最好的人。

一开始凯歇斯就决心搞垮即将成为独裁者的凯撒，他的理由本来是冠冕堂皇的，很有说服力的，但是当他向勃鲁托斯讲述出来时，这些理由忽然变成了纯粹的个人恩怨、妒忌，甚至下流的诽谤。幸亏勃鲁托斯是一个具有很高层次修养的思想者，他知道要如何来倾听这位朋友的讲述，他一点都不大惊小怪。凯歇斯到底是怎么回事呢？如果读者能站在勃鲁托斯的境界里，就会感觉到凯歇斯是一个很深刻的人，他可以随时从粗鄙的世俗跳跃到崇高的理念，并将两极不露声色地包容在他那复杂的心胸之内。凯斯卡、他、勃鲁托斯三人构成人性的阶梯，他在中间，他同时具有凯斯卡和勃鲁托斯身上的特点。

当清高的勃鲁托斯忍不住鄙视凯斯卡那露骨的下作时，凯歇斯便为他辩护道：

▶ 他的粗鲁对于他的智慧是一种调味品，使人
  们在咀嚼他的言语的时候，可以感到一种深
  长的滋味。[1]

于是勃鲁托斯立即心领神会，同意了他的看法。勃鲁托斯当然知道，没有这些庸俗的大众的庸俗的激情，伟大的事业就失去了根基。但他太清高了，有时也不免显出某种局限，在这时，凯歇斯便用他身上的世俗气息启发了他，使他走出玄想，"顾念顾念这个世界"。

既然人一开口就要说低级趣味的话，一行动就要犯罪，那么唯一的出路也就在于认识的境界了。在大众眼里，勃鲁托斯就是代表了那种境界的人物，所以直爽、忠心的凯斯卡出自内心地说：

▶ 啊！他是众望所归的人；在我们似乎是罪恶的
  事情，有了他便可以变成正大光明的义举。[2]

凯歇斯用他身上的活力补充了勃鲁托斯的性格。勃鲁托斯对于这位爱将的心情是：时而憎恨他的卑劣行径，要同他一刀两断；时而又喜爱他的忠诚热情，和他难舍难分。以他的情操，他同他水火不相容；从理智出发，他深知事业一刻也离不了他。正因为勃鲁托斯理念中的事业是一桩有点奇怪的事业，他这个掌舵人便需要非凡的智慧来操纵这艘大船的航向。所有的人都没能完全达到他的境界，但所有的

人都向往这个境界，勃鲁托斯必须同每一个人沟通，而其中最难沟通的就是凯歇斯。但他们终于通过激烈的争吵而沟通了。那是一种奇特的沟通，"道理"并不在沟通中起作用，起作用的是被道理掩盖的深得多的东西。凯歇斯并没有放弃恶劣的本性；勃鲁托斯又一次为他的热情所打动。勃鲁托斯的事业是以自我牺牲为最终目的的崇高事业，但在实现过程中的每一步，每个具体的个人都为世俗的欲望所驱使（否则人还是人么？）。勃鲁托斯必须妥协，凯歇斯用毫不含糊的举动不断启发他明白这一点。凯歇斯丝毫不怕死，为着事业，他随时可以牺牲；但只要活一天，他就不会放过享乐和腐化的机会，谁都阻止不了他，哪怕勃鲁托斯。他说：

▶ 这是我的刀子，这儿是我的袒裸的胸膛，这
 里面藏着一颗比财神普路托斯的宝矿更富
 有、比黄金更贵重的心；要是你是一个罗马
 人，请把它挖出来吧，我拒绝给你金钱，却
 愿意把我的心献给你。就像你向凯撒行刺一
 样把我刺死了吧，因为我知道，即使在你最
 恨他的时候，你也爱他远胜于爱凯歇斯。[3]

　　凯歇斯的话里头包含着他做人的逻辑。他是彻底世俗的，把钱看得很重，甚至不择手段去搞钱；而同时他又具有崇高的理念，可以为朋友去死。他总是把事业和世俗分得很开，这不是出于幼稚，而是由于他那双能够透视事物本质的眼睛。他出于个人恩怨杀了凯撒；但在心底，他知道凯撒是他所佩服的英雄，也模糊地感到此事要遭报应；很可能他竟是爱他的，就如同他爱抽象的事业一样。他在临死时喊的那句话说出了他长久的心病，他终于悟到，他在整个叛乱中所做的一切都是为凯撒复仇。一开始他并不完全知道他和勃鲁托斯的事业究竟

是什么，因为他只专注于行动。他同勃鲁托斯一样，也是在死亡的气息变得浓密起来的关头看出自身的归宿的。他的死和凯撒的死是同一个事业的两个阶段，就像出于公心与出于私心是同一件事的两面一样。

凯歇斯的思想和行为总是使人诧异，时常像两个截然不同的人在表演。也许在生活中很少会有人像他那样讲话和行动，但在典型的意义上，艺术的意义上，他所表演的，不正是人的真实面貌么？莎士比亚通过这个形象将人的真正内涵揭示出来，引导读者进行深思。

注：

（1）《莎士比亚全集》第五卷，朱生豪等译，译林出版社 1999 年版，第 204 页。
（2）同上，第 209 页。
（3）同上，第 253 页。

阴郁的承担

——读《麦克白》

▶ 可是我的跃跃欲试的野心，却不顾一切地驱
着我去冒颠蹶的危险。——麦克白[1]

▶ 这一声叹息多么沉痛！她的心里蕴蓄着无限
的凄苦。——医生[2]

《麦克白》可以看作与《裘利斯·凯撒》对称的姊妹篇。那一篇
展示的是人的英雄主义的牺牲精神；这一篇突出的则是人对自身的原
始欲望的发挥与承担。从所达到的精神层次来看，两篇都处在最高的
层次，描写的都是那种人类本身的大悲剧，而主角，都是人性的代表
人物。

大将军麦克白的内心有一片原始的荒原，血色的、邪恶的森林里
活跃着欲望的女巫们。这些魔鬼们不但挑逗麦克白，她们还可以预测
未来，因为她们就是麦克白的深层意识（或无意识）。平日里，她们
潜伏在那一片黑暗地带，只有遇到大的变故和机遇，她们才会浮到表
面来同麦克白晤面。很显然，麦克白的心理活动是听从女巫们的暗示
的，但他的理解总是落后于那种暗示，这是因为深层的意识有无数的
层次，人所能理解的，永远只是表面上的那一层，于是人总在"犯错
误"，并在"错误"中继续自我的认识。

世俗欲望的最高象征就是王位。机遇使得麦克白有可能觊觎这个

王位，并夺取它。然而麦克白是一个文明人，懂得文明社会的种种规则，并具有文明人的理性。但那种苍白的理性，当它同沸腾的原始欲望交锋之时，显得多么的萎靡无力啊。理所当然地，麦克白遵循欲望的召唤开始了破釜沉舟的阴沉的事业。可以看到，原始之力在他身上一点都显不出阳刚之美来，反而呈现出一派黑暗、阴郁和沮丧，每一次突进都是绝望的冲撞。这就是我们文明人的形象。麦克白从一开始就凭本能感到了这桩事业的本质，他早过了想入非非的年龄了。

> ▶ 假如它是好兆，为什么那句话会在我脑中引
> 起可怕的印象，使我毛发森然，使我的心全
> 然失去常态，勃勃地跳个不住呢？想象中的
> 恐怖远过于实际上的恐怖……(3)

这也是文明同野蛮的交锋。最为可怕的不是杀人，而是麦克白总在反省，他的反省相当于在暗地里上演恐怖剧。正是他的反省使他变得胆怯、犹疑不决、瞻前顾后，以致没有那位强悍的妻子的帮助就没法顺利地实现自己的欲望。自从文明将桎梏加在人的身上，人就再也不可能彻底挣脱这副桎梏了，所以不论麦克白的冲动有多大，力量有多么雄强，他也只能是一个清醒的杀人犯；即使是像他妻子那样的雌兽型的女人，内心也承担着比他更为可怕的重压（这导致了她的早死）。麦克白是执着于欲望的典型，在人类社会中，一个人如果想要忠实于内在的欲望，他就会具有同麦克白相似的精神历程，这种历程只能是阴云密布的、窒息的，偶尔的阳光一现也只是预示着更可怕的暴风雨。麦克白的极端例子表明了人有能力承担发生在他身上的一切，将自身的潜力最大地发挥。结果当然并不是野蛮战胜文明，而是在永恒的统一体中对立、厮杀到底。

麦克白在犯罪之前内心有过激烈的斗争，阻碍他动手的并不是那

种所谓的"良心"，而是惧怕。他惧怕罪行暴露，惧怕受到惩罚。他是一个活得最真实的人，从脑子里初起杀人念头那一刻，他就什么都想到了。他想到了事情的败露，也想到了自己凄惨的结局。即便如此，他仍然要抓住机会奋力一拼，以领略那种最高的快感。他在刚刚起杀心时这样想：

▶ 无论事情怎样发生，最难堪的日子也是会过
　　去的。(4)

　　这样的话有种悲壮的意味。一般人在读这样的剧本时往往只看见麦克白的"恶"，因而将他看作属于少数的恶人。但莎士比亚的目的，并不是要写一个例外的恶人，他要写的是每个人、人类。麦克白的典型就是人的典型，当心中的渴望控制了人的时候，人常常面临着麦克白式的选择，莎士比亚不过是将这种选择极端化了而已，目的当然是促进人的自我意识。毫无疑问，主人公麦克白具有这样的超出常人的自我意识。他行动的每一步都伴随着那种自我反省，他知道心中沸腾的那种异常的欲望使他只能如此行动，也知道他将要为此付出什么，他清醒地正视这一切。只有那种心存侥幸的犯罪才是盲目的，麦克白显然是相反的类型：一方面他竭尽全力去从事那最为险恶的暴行，另一方面他在内心清醒地承担着深重的罪恶感。

▶ 星星啊，收起你们的火焰！不要让光亮照
　　见我的黑暗幽深的欲望。眼睛啊，看着这双
　　手吧，凡它做出的你都要敢于面对！——麦
　　克白(5)

　　自省使选择变得惊心动魄了。他也曾想过后退、收心，当他回头

时，才发现后路已经堵死了；他的心在告诉他这种事一旦开了头就只能勇往直前了，人就是因为怕死才要犯罪的，与其让欲望在垂死中延宕，倒不如活一回再死。麦克白就这样在阴郁中选择了这种不能后退的事业，将自己步步紧逼地往断头台上赶。当他这样做的时候，一切伤感和留恋的情绪都要斩断，因为最高的快感无时不同死亡的威胁连在一起。

▶ 我决心已定，我要用全身的力量，去干这件
惊人的举动。——麦克白[6]

即使是下了决心，犹豫也没有离开过他。在执行谋杀的过程中，恐惧像冰冷的尸衾一样缠裹着他，让他透不过气来。他不想死，也不想丧失安逸的生活，他心惊肉跳地踩在死亡的门槛上，支撑他的唯有内部沸腾的野性——"在火热的行动中，言语不过是一口冷气"。野性就这样将文明踩在了脚下，麦克白的心狂跳着完成了作案。那是人类从猿到人积蓄了几万年的能量的爆发，而这种反常的爆发必将受到从文明出发的理性的更为严厉的镇压。所以麦克白事后全身瘫软，完全垮掉了，只好将扫尾工作推给了妻子。虽然他在杀人之后发誓要从此忘掉自己，做一名野兽，但那不过是一句话罢了。从此以后，在那些漫长失眠的夜晚，他只好不断地面对国王的血脸，在恐惧中煎熬。这也是他早就料到了的处境。麦克白的这一血腥之举也是对他自身理性的一次测试，理性并不完全属于文明，它也通过曲折的渠道属于兽性，这种扭曲的奇怪的理性由于有了新鲜的活力的注入而具备了无限的张力，它同欲望的相持也就具有了永恒性。于是，理性的严厉的制裁征服不了欲望，退缩只是暂时的，为了积蓄能量更加凶残地犯罪。

麦克白夺取了王位，伴随短暂的快感的，是无穷无尽的恐怖，杀戮一旦开了头，就必须持续下去，否则便面临灭亡。麦克白从此只能

在昏沉的地狱里奔突，正如他夫人所说的：

▶ 费尽了心机，还是一无所得，我们的目的虽
然达到，却一点也不感觉满足。要是用毁灭
他人的手段，使自己置身在充满着疑虑的欢
娱里，那么还不如那被我们所害的人倒落得
无忧无愁。⁽⁷⁾

麦克白也发出同样的抱怨：

▶ 为什么我们要在忧虑中进餐，在每夜使我们
惊恐的噩梦的谑弄中睡眠呢？⁽⁸⁾

抱怨归抱怨，这种处境毕竟早就在他的意料之中，从一开始他就
准备好了要承担的。所以他又说：

▶ 以不义开始的事情，必须用罪恶使它巩固。⁽⁹⁾

人不但做噩梦，还可以在大白天里见鬼。被麦克白派人杀害的他
的好友班柯，就这样血淋淋地出现在他的酒宴上，坐在他的位子上
了。这是比噩梦还要可怕得多的事。麦克白无处可逃，只能面对，他
几乎吓破了胆。同幽灵面对，这是人的自我审判的最极端的形式，这
种审判可以将意志薄弱者打倒在地，彻底制服。但是麦克白并不是意
志薄弱的人，他是一个特异的家伙，即使两足已"深陷入血泊之中"，
他也要"涉血前进"，只因为"回头的路也是同样使人厌倦的"。行动
到哪一步，意识也就相随到哪一步，与杀戮伴随的，是无尽头的昏沉
的噩梦，是鬼魂的摆不脱的纠缠，麦克白选择了这样的生活方式，当

然只能豁出去硬挺到最后了。野心勃勃的麦克白，在这一桩阴谋的事业中，并不是如他夫人说的那样"一无所得"，而是相反，他想要得到的都得到了，只不过这得到的东西也许并不完全像他事先想象的那样。这是因为人总是只能达到意识的表层，看不透那无底洞一般的本质。不论麦克白的处境多么悲惨，有一点是永远不会改变的，这就是魔鬼们所说的：

▶ 他将要藐视命运，唾斥死生，超越一切的
情理，排斥一切的疑虑，执着他的不可能
的希望……(10)

麦克白每次在荒野中向女巫们打探自己的命运其实都是对于自身灵魂的叩问。灵魂回答了他的所有问题，只不过他听不懂。或者说他其实听懂了，也遵照灵魂的指示行动了，只是那结果和谜底，要到最后才会显现出来。比如勃南的森林会向邓西嫩高山移动，比如他将死于一个不是妇人产下的人之手，都是麦克白命运的寓言；而他这个"藐视命运"的人，从来也不曾打算退缩，反而被激起一种挑战似的好奇心，一心只想看到谜底。艺术大师在此处描写的，其实是他的艺术本身了，这是出自天才之手的作品的共同特征。这种叩问自有人类以来就开始了，艺术家则将这当作终生的事业。女巫和幽灵们怂恿麦克白将欲望发挥到底，"像狮子一样骄傲而无畏"。她们说出的，是他心底的愿望。当然他永远也成不了骄傲的狮子了，文明的桎梏已成了他身上挣不脱的皮肤，他注定了只能一边做噩梦、"见鬼"，一边犯罪，也注定了只能是一个阴沉的罪犯。哪怕王位到了手，面临的也只是深渊。

麦克白很快就失去了一切，他的妻子承受不了罪恶感的重压，先他而去。他得知她的死讯后发出了这样的感叹：

▶ 熄灭了吧，熄灭了吧。短暂的烛光！人生不
过是一个行走的影子，一个在舞台上指手画
脚的拙劣的伶人。登场片刻，就在无声无息
中悄然退下；它是一个愚人所讲的故事，充
满着喧哗和骚动，却找不到一点意义。(11)

生命的虚无的底蕴显露了出来，但属于麦克白的生命的意义在哪
里呢？当然是在他的抗争的行动中，在他的肇事之中。所以他接下去
又说：

▶ 吹吧，狂风！来吧，灭亡！就是死，我们也
要捐命沙场。(12)
▶ 他们已经缚住我的手脚；我不能逃走，可是
我必须像熊一样挣扎到底。(13)

这才是他的本性，在骨子里头，他比他的妻子更为有韧性。哪怕
夜夜丧失睡眠，哪怕大白天里见鬼都压不倒他，他有力量承担远比外
部谋杀更为残酷的内心的厮杀，一直承担到生命尽头，到看见谜底的
那一刻。他的形象，是几百年前我们祖先中的精神巨人的形象，这个
形象外表阴沉，不够强悍、果决，内里却燃烧着不熄的火。

麦克白夫人代表了麦克白性格中最狂放、最坚硬的那个部分，她
很像一只不驯的雌兽。对于文明人来说，她有点难以理喻。她给人的
印象是阴狠、贪欲、直截了当。凡事她都一语道破本质，不像麦克白
那样犹豫不决，用言语来掩饰自己的兽行。她最善于将麦克白说不出
口的事说穿说透，说得令人毛骨悚然。当这桩事业还只是麦克白心中
一个不明确的预感时，她那前瞻的目光就看到了今后的发展，她的嗜

血的心无比的亢奋，她的血液已经"感到了未来的搏动"。她直率地将这个未来告诉她亲爱的丈夫，鼓起他的勇气，去获取最高的荣誉。然而即使就是这样一个女人，仍然生活在文明的束缚之中，她身上的人性并不比兽性衰弱，这就使得她所承受的痛苦比麦克白更为尖锐，那就像一把利齿的锯在她的神经上来回地拉。

▶ 你不敢让你在行为和勇气上跟你的欲望一
致吗？你宁愿像一只畏首畏尾的猫儿，顾
全你所认为生命的装饰品的名誉，不惜让你
在自己眼中成为一个懦夫，让"我不敢"永
远跟随在"我想要"的后面吗？——麦克白
夫人⁽¹⁴⁾

　　麦克白夫人就像麦克白的主心骨，不断地用激将法鞭策着麦克白，挑起他的野性，使他能够将不可能的事变成现实。这位奇特的女人，可以从怀中婴儿柔嫩的嘴里摘下乳头，将他的脑袋砸碎的女人，真不知道她是什么材料造成的。但即使是这样一个兽性勃发的女人，仍然受到文明的紧紧的钳制，一桩又一桩的罪恶终于在她的灵魂里遭到了复仇，这种复仇将她变成了一个梦游人。在黑沉沉的夜里，凡做过了的，都要受到对等的惩罚，灵魂的法庭绝不放过任何一桩罪。心的自相残杀导致最后的破碎，刚强的女人走完了她短短的一生。她死于灵魂深处的审判，表面上看来不明不白，实际上也是她早就选择了的方式。她同麦克白具有同样程度的自我意识，当然也就遭受同样的内心折磨："想象中的恐怖远过于实际上的恐怖。"所以这个剧的后面还有一个剧在上演，那属于黑夜的永远见不得人的悲剧，它在麦克白和他夫人的梦中——那灵魂深处的王国里演出，其震撼的程度远远超过了人所能见到的这个悲剧，莎士比亚要写的是它，他已经用奇妙的潜台词将它写出来了。当医生和女仆偷看到麦克白夫人的黑夜演出时，麦克白夫人正在看不见的刽子手手中挣扎。不但医生救不了她，教士同样救不了她，由她自己发动的这场内部的厮杀必须以她的牺牲告终。麦克白同医生谈论妻子的病也就是谈论自己的病，这种病只有一服药可以治，医生告诉他说："陛下您要御驾亲征就是这样的一服药。"已经开始了的战争，除了打到底还能怎样呢？难道还能回到那种"令人厌倦"的，虽生犹死的平静中去吗？麦克白夫人不仅引导着麦克白，要他鼓起勇气来顺从自己的欲望，最后还用自己的死来为他做出了自我审判的榜样。就这样，麦克白在爱妻的激励之下，坚定了要"捐命沙场"的决心，将他们共同策划的事业进行到底。

注：

（1）《莎士比亚全集》第六卷，朱生豪等译，译林出版社 1999 年版，第 130 页。
（2）同上，第 178 页。
（3）同上，第 124 页。
（4）同上，第 124 页。
（5）同上，第 126 页。
（6）同上，第 132 页。
（7）同上，第 149 页。
（8）同上，第 150 页。
（9）同上，第 151 页。
（10）同上，第 158 页。
（11）同上，第 184 页。
（12）同上，第 185 页。
（13）同上，第 186 页。
（14）同上，第 131 页。

超越国界的理想人格之追求

——读《科利奥兰纳斯》

▶ 由于你们，对于这座城市，我现在只有蔑
视；我离你们远去！这世界上还有别的地
方。——马歇斯⁽¹⁾

　　马歇斯（即后来的科利奥兰纳斯）是腐败衰落的罗马人当中的一
个奇迹，在他身上，集中体现了作者理想中的两种最优秀的品质：勇
敢和高贵。作者要叙述的，就是这两种理念在现实中的遭遇。站在这
个高度，读者在读这个剧本时也就有必要冲破陈腐的"史实"的约束，
让自己的眼光看得更为深远，慢慢体会出作者要表达的到底是什么。
　　首先看马歇斯的感叹：

▶ 要是整个世界分成两半，互相厮杀，而他
也站在我这一方面，那么我为了要跟他交
战的缘故，也会向自己的一方叛变：能够猎
逐像他这样的一头狮子，我认为是一件可
以自傲的事。——马歇斯⁽²⁾

　　很显然，马歇斯将个人人格的完美看得高于一切，是一位真正的
遗留的古代英雄。随着人性的向前发展，人格完美的实现变得越来越
艰难，甚至完全不可能了，在这个时候，如果一个人不具有分裂的人
格，就会被人类自身的恶势力摧毁。罗马英雄马歇斯的遭遇，就是这

样一首催人泪下的悲歌。

自幼受到高贵的母亲严格训练的马歇斯，从来就不愿向世俗的低贱与卑鄙低头，他只能，也确实生活在高尚的理念当中。可惜人不能总是这样生活，人要在现实世界里有所作为，就必须放下高贵的架子，在某种程度上与龌龊的现实妥协。只有这样，才能迂回地实现自己的理念。马歇斯不懂这一套，他憎恨庸俗的大众，到后来发展到憎恨他的整个国家，与国家为敌，他个人的人格同罗马势不两立。现实中的罗马对于马歇斯来说是什么呢？是人类所有的恶劣下作品质在此聚集的腐败之地，是咬啮他那颗纯洁之心的毒虫。他就是为这样一个国家流血负伤，献出了他生命中最美好的年华，现在这个国家却要来清算他的"罪恶"，要他的命了。平民愚蠢又奸恶，贵族自私又懦弱，为了继续自己那浑浑噩噩的腐败生活，大家竟一致将矛头对准了国家的功臣，抗敌的英雄，以为只要除掉了这个眼中钉，自己就可以继续堕落下去，不负任何责任了。被罗马放逐的马歇斯终于看到了他的限制：如果他要在罗马坚持他的高尚理念，那无异于送死；如果不想死，就只能将理念深藏于内心。但马歇斯根本不是一个思想者，他需要行动，他的愤怒的热血在猛烈沸腾，于走投无路之际，他想到了投敌。既然祖国抛弃了他，也许敌国可以让他施展自己的英勇精神。他要向那个庞大黑暗的祖国复仇，把亵渎的魔鬼杀死，让一切回到那纯洁的起源。马歇斯的念头当然是十分幼稚的，因为人类，是再也不可能回到他们的源头了，就连被他在想象中美化了的敌国首领奥菲狄乌斯，也不是像他这样的古典英雄，而只不过是一个善于算计的、爱妒忌的平凡的人，这个平凡的人后来还对他做出了令人发指的恶行，夺去了他宝贵的生命。

▶ 只要我尚在人世，你们一定会听到我的消
   息，而且你们所听到的，一定还是跟我原来

的为人一样。——马歇斯⁽³⁾

高尚的马歇斯遭到迫害之后，便投入了敌人的阵营。他为了惩罚卑鄙的罗马人，替奥菲狄乌斯勇敢战斗，他的部队所向披靡。就在他即将攻下雅典城的时候，他的母亲、妻子、儿子一起出现在他的面前，向他求情。英雄的心立刻软化了，他爱他的亲人，他决定忘记对祖国的仇恨，为双方达成和解。他这种出于大义的行为得到的是什么回报呢？被他当作密友的奥菲狄乌斯，终于为除掉他找到了借口。这个奥菲狄乌斯，正是庸俗的大众的代表：狭隘，妒忌，虚荣，自私。心地纯洁的马歇斯根本不知道他对自己的猜忌，就因为绝对相信他，才会手无寸铁地死在他的剑下。那凄惨的一幕饱含着作者无尽的悲哀。古典英雄的形象，就是这样从散发着恶臭的人群中升起的。作者在文字背后不停地叩问：马歇斯，你如今在哪里？像你这样的英雄再也不会有了么？从今以后，昔日辉煌过的雅典城里，倾城而出的全部是老鼠了么？

"祖国、民族、人民"，这都是日常中的最高词汇，但在这个剧本中，作者的精神境界远远地超越了这种世俗的界限。他爱他的主人公，他又必须让他的主人公死，因为这个主人公不适宜于活在这个卑鄙的世界，他必须为全人类做牺牲。作者对马歇斯的描述越是动人，那种绝望就越深，其间所含的人性的反省也就越彻底。如果一个民族的人们全部变成了鼠类，只会群起而攻之地吃人，还能够怎样去爱他们呢？英雄马歇斯所面对的，就是这样的祖国，他别无选择，只能背叛。当他投到敌国之后，才发现那里也正是同样的情形。这个世界需要英雄，又从根本上不需要英雄；或者说，他们需要英雄，只是为了他们可以喝他的血而让他们的种族得以繁衍。

马歇斯的道路上处处是荆棘，俗不可耐的现实生活逼得他没法呼吸。本来他打了胜仗，为国立了大功，被选为执政应是理所当然的，可是按元老院陈腐的程序，人们非要他去市场上向众人亮出自己遍身的伤口，夸耀自己，并请求这些俗众同意他当选执政。这种事对他来说比死还难受，但禁不住母亲和朋友的请求，只好硬着头皮去了。他当然学不会世风中的谄媚阿谀、吹牛炫耀，他只能克制心中的怒气，对民众说出不违反自己本性的话，这就注定了他将被大众所抛弃。在权力斗争中，不谙此道的英雄被所有的人踩在脚下；一直到英雄死了，他的尸体都是被小人踩在脚下的。这也就是"英雄"在现实中的涵义。

马歇斯的那位英雄母亲是个矛盾的化身。她用高尚的理念模式将马歇斯塑造成今天这种样子，但是当这种理念同现实发生致命的冲突时，她凭着丰富的人生经验立刻在现实面前退却了，她早已知道，不退却便是死路一条。这时，"国家、人民、民族"这些空泛的观念取代了英勇不屈的古典精神。当英雄穿上这种小丑似的服装时，显得多么的别扭啊。

▶ 我的孩子，请您现在就去见他们，把这帽子拿在手里，你的膝盖吻着地上的砖石，摇摆着你的头，克制你的坚强的心，让它变得像摇摇欲坠的、烂熟的桑椹一样谦卑；在这种事情上，行为往往胜于雄辩，愚人的眼睛是比他们的耳朵聪明得多的。你可以对他们说，你是他们的战士，因为生长在干戈扰攘之中，不懂得博取他们好感所应有的礼节；可是从此以后，当你握权在位的日子，你一定会为他们鞠躬尽瘁。——伏伦尼亚⁽⁴⁾

伏伦尼亚所说的是正确的处世方法，她勾出了人的悲惨处境。可是这种下作的姿态她的儿子做不来，他太单纯了，不会耍这种两面派，也不懂什么辩证法。所以即使母亲说得对，还是于事无补，儿子把事情搞得一团糟。他血气方刚，义无反顾，一条死胡同走到底。他天生就是做牺牲的，而不是像母亲希望的那种做执政的料。

马歇斯的超越使他终于抛弃了爱国主义，向那茫茫的外部去求索。这种求索后来导致他同母亲再次发生冲突，但他仍然没有完全按母亲的希望去做，他虽然放弃了攻打雅典，却再也没有回到令他失望的人民中间。他是一只孤狼，而不是狗群中的一员。母亲并不完全理解他，因为他已经发展了，超越了。所以当母亲站在国家的立场上恳求他时，他的心就撕裂了：

▶ 啊，母亲，母亲！您做了一件什么事啦？
瞧，天都裂了开来，神明在俯视这一场悖逆
的情景而讥笑我们了。啊，我的母亲！母
亲！啊！您替罗马赢得了一场幸运的胜利；
可是相信我，啊！相信我，被您战败的您的
儿子，却已经遭遇着严重的危险了。可是让
它来吧。[5]

马歇斯凭直觉感到结局已经临近了，他在世俗中的双重背叛一定会遭到严厉惩罚。他对自己的所作所为没有丝毫的后悔，毅然走向自我的牺牲。他的境界已是那样的高，远远高出了生他、教养他的母亲，而且拥有这种境界的他并没有丧失对人类的怜悯之心，最后还把自己的生命献给了人们。可悲的是人们却不知道。马歇斯的命运非常类似于那些难以为人所理解的艺术家，比如作者。但他绝不是可有可无的，他的存在将人的精神提升到那种极高的境界，可以说是重新塑造了人。而艺术，不论发展到什么阶段，其中所包含的古典情怀都永远不会丢，只不过会不断改变形式。莎士比亚不愧为深通此道的大师。

▶ 哎，母亲，您从前的勇气呢？您常常说，患
　难可以考验一个人的品格；非常的境遇方才
　可以显出非常的气节；波平浪静的海面，所
　有的船只都可以并驱竞胜；命运的铁拳击中
　要害的时候，只有大勇大智的人才能够处之
　泰然：您常常用那些格言教训我，锻炼我的
　坚强不屈的志气。——马歇斯[6]

　英雄就是这样脱离母体，独立成人的。

　事实已证明，人民是永远不会完全理解马歇斯的精神世界的。从
开始的被他率领的部队所保护，到最后的通过他的斡旋获得和平，人
民一直在心安理得地享受他这位精英给他们带来的好处。可惜这并不
妨碍他们误解他、咒骂他、迫害他。这就是精英的命运，那命运的终
点无一例外地是为人民做牺牲，即使他向他的人民施以报复时也没有
改变这个目的。如果他要追求回报，他就不配做一名精英。热血的马
歇斯听凭那远古幽灵的召唤，将自己年轻的生命献给了一桩无望的事
业，他到底在为什么而战呢？脱离了"祖国、人民、亲人"这些具体
的所指，他的奋战，不是很类似于那位西班牙的古典英雄堂吉诃德
吗？作者要讲的，就正是这样一个类似于堂吉诃德的英雄故事，他要
讲到底，既讲给人民听，也讲给后来的精英们听。马歇斯背叛了他的
祖国，永远不原谅他的人民，他所效忠的，是一种纯粹的东西，一种
被人所丢失了的、一去不复返的理念，他要永远为捍卫那种理念而战
斗，他以他的鲜血告诉人民：他所追求的东西是真实存在着的，有了
它，人才会获得永生，否则便只是老鼠。但归根结底，马歇斯还是来

自人民，又属于人民的，他是千百万俗众的超凡脱俗的儿子。既然人民能够生出这样的儿子来，也就能够避免灭亡；他同人民之间的反差越大，他所起的警示作用就越有效果，那被遗忘的记忆也就有可能重新复活，使人民大众可以重建理性王国——那超出国界的王国。

注：

（1）《莎士比亚全集》第六卷，朱生豪等译，译林出版社 1999 年版，第 382 页。
（2）同上，第 320 页。
（3）同上，第 384 页。
（4）同上，第 375—376 页。
（5）同上，第 416 页。
（6）同上，第 383 页。

爱情与死亡

——读《罗密欧与朱丽叶》

用今天的人的眼光来看，罗密欧和朱丽叶的故事似乎是有点不可思议。在这一个凄婉的爱情剧中，除了恋人之间那火热的表白之外，其他的一切都完全被死亡的阴影所笼罩。更奇怪的是，这死亡正是两位恋人共同追求的东西——以死来表明心迹。毫无疑问，这种高纯度的爱情代表了诗人心中的理想；而剧中的主人公为实现他们爱的理想，把生命都看得毫不足惜，这既体现出他们体内沸腾的生命的热度，他们个性的高贵，也体现出对于爱的最高境界的极端化的、不顾一切的追求。在这一点上，罗密欧和朱丽叶可说是旗鼓相当，一拍即合。爱，是内面生长的原始之力，死，是这力的最后归宿。

在那一见钟情的凯普莱特家的舞会上，朱丽叶仅凭着与罗密欧短暂的接触就说出这种令人震惊的表白：

▶ 要是他已经结过婚，那么坟墓便是我的
    婚床。[1]

这种话让世俗中人瞠目结舌！她不知道他的名字，也不清楚他的身世，彼此交谈不过四五句，只是在舞会上玩笑似的同他接了两个打破礼节的吻。但是这就够了，他们两人都从对方身上认出了自己。这个自己，就是那从未得到过展示的胆大妄为、一追到底、死不回头的个性。这种个性用不着解释，身体的接触比什么都能说明问题。火一般热情的、刚烈的少女朱丽叶一开始就领悟了本质性的东西，知道自己所要的那个人非他莫属，也隐隐地感到爱情从此摆不脱死亡的阴影。这种局面丝毫没有使她畏缩，因为她那高贵的心使她从来就将爱情看得高于自己的生命，并且这种看法是不由自主的。这样的爱当然超凡脱俗：

▶ 罗密欧啊，罗密欧！为什么你偏偏是罗密欧
　　呢？否认你的父亲，抛弃你的姓名吧；也许
　　你不愿意这样做，那么只要你宣誓做我的爱
　　人，我也不愿再姓凯普莱特了。⁽²⁾

朱丽叶这种对爱情的信念当然不是空穴来风，这是由她特异的个性同冷漠的现实碰撞，在十四年里头逐步建立起来的信念，只是从前她不自觉罢了。爱情唤醒了她的自觉意识，她决心同现实对抗，用生命来换取理想。爱，就如同岩浆一样在她年轻的躯体内喷发，她身不由己，明知有危险，还是一次次跑回窗前不断向罗密欧表白。在两人的爱情中，欢乐是那样的少，刻骨铭心的痛苦贯穿了始终。这痛，是他们爱的标志，每一瞬间都活在死亡的威胁中，爱因此变得超级的浓缩。朱丽叶大逆不道地同罗密欧私奔到教堂结婚了，现实和家规都根本不在这个自作主张的小姑娘眼中。但她清醒地知道自己同罗密欧的爱只能属于黑夜，他们所做的，是要用性命来付出代价的事，她没有对这个吃人的现实存一星半点的幻想，即使马上就死，她也要忠于爱情。

▶ 来吧，黑夜！来吧，罗密欧！来吧，你黑夜
　　中的白昼！因为你将要睡在黑夜的翼上，比
　　乌鸦背上的新雪还要皎白。来吧，柔和的黑
　　夜！来吧，可爱的黑色的夜，把我的罗密欧

给我！等他死了以后，你再把他带去，分散
成无数的星星，把天空装饰得如此美丽……(3)

这种爱情的呼唤同时也是不祥的死亡的呼唤，未来已在她那聪慧
的头脑的意料之中了，她看到了它，她渴望投入到它里面，她的热血
所达到的极境令世俗者望尘莫及。人，尤其是以爱情为生命的女人，
生来便具有理想至上的倾向，以及为完美而不顾一切的冲动。罗密欧
从窗口的绳梯下降去逃命时，朱丽叶说道：

▶ 你现在站在下面，我仿佛望见你像一具坟墓
底下的尸骸。(4)

她已经清清楚楚地看见了死神。凭着敏锐的直觉，她知道他们短
暂的爱情正滑向那永久的黑夜，她愿同她爱人一道在那最后的目的地
安息。但她还活着，所以必须抗争。很快父母就来逼她嫁给她所不爱
的人了，形势已无可挽回。她不想死，因为放心不下爱人，可是她做
了死的准备。劳伦斯神父为她策划了逃过死亡的计谋。她横下心战胜
恐惧，喝下了安眠的酒，被抬进墓穴。然而命运的差错却又使得她的
爱人丧生。这个时候，她和他的爱情便走到了尽头，也达到了顶峰，
只剩下她自己那个关键性的动作了。她勇猛地将匕首刺进年轻的胸
膛，倒在了爱人的身上。如流星划过天际，她那短暂而美丽的光芒照
亮了人们的心房。人们震惊地发现，原来爱真的可以超越一切，包括
越不过去的死亡的鸿沟；原来人真的可以与死亡为伴，活在最最纯净
的境界里。

罗密欧也是世俗中的一个异己，他走向成熟的爱情的道路不如朱
丽叶那么直接。他首先爱上的是冷美人罗瑟琳，那是一种少年的自恋
似的单相思，这样的相思往往是真正的爱情必不可少的前奏。当他在

舞会上遇见同样充满了渴望的朱丽叶时，两颗激情的心便撞出了耀眼的火花。还有什么能比这种青春的狂热的爱更动人？还有什么比这迅速升华到天堂的情感更神圣？罗密欧于刹那间明白：爱情真的降临了，由于他长期的执着，也由于他的虔诚。眼前的朱丽叶是这样的美，这样地投合他的心意，苍白的罗瑟琳没法同她相比。在那个奇异的夜晚，他看见的是朱丽叶，也是他自己，每一句话，每一个动作都是那样的心心相印，自恋由单相思提升到了真正的身心交流，没有了朱丽叶，他自己也活不成。所以当他后来杀了人被亲王放逐时，后悔不及的他觉得生命已没有了意义，因为放逐的生活里不可能有朱丽叶。神父劝阻了他自杀的举动，告诉他自杀就等于是杀死朱丽叶，为了爱人，他必须强打精神活下去，等待时来运转。于是漫长的折磨开始了。虽然他们被迫分开，但现在两人就好像是一个人，一方遇难，另一方也将死去。他们之间并没有任何约定，却好像从头至尾处在约定之中。朱丽叶的噩耗传来时，他首先想到的就是尽快回到爱人身边，然后同她死在一起。这个同样以爱情为生命的男人，一点都不比女人逊色。他买下毒药，骑上快马向他的爱人飞奔；他像追求爱情那样去追求死亡。在他那临终的眼里，前方的死亡就是爱的目的地，除了死在爱人的怀里，他别无他求，因为这个冷酷的世界不让他们活，也不让他们爱。他虽骑在马上，心却已经全部死了。他用自己那死人一般的躯体同巴里斯格斗，杀死了他，闯进朱丽叶所在的墓穴；然后又用死人一般的手葬了巴里斯；用死人一般的目光问候被他杀死的提伯尔特；最后，用死人一般的嘴唇亲吻着朱丽叶喝下了毒药。他终于在无限痛苦中追求到了他所要的无限的幸福，在同死亡的合一中得到了永生。罗密欧作为一个男人的形象在今天看起来是很陌生的，只有那最最热烈的诗人的心灵，才能诞生这样的形象。他同朱丽叶都是属于天堂的人。这个世界不适宜他们，他们至死不屈，做了叛逆的冤魂。但说到底，天堂不正是属于像他们这样的世俗生活的叛逆者的吗？

他们从未想到过要同他们所面对的现实周旋或妥协，对于他们俩来说，现实是一道死亡之墙，他们在热恋中根本就对它视而不见，但在深深的心底，两人都知道墙是越不过去的。虽然朱丽叶也曾抱着幻想喝下神父调制的安眠药，罗密欧也曾怀着希望在外地苦等，但那只是出于生的本能。从一开始，两人对这爱情的不约而同的预测便是以"没有好结果""大不了一死"这样的基调为前提的。知道自己很可能死，却还要惊天动地地爱一回，这是青春爆发的热力绘出的风景，在这炫目的风景面前，死亡隐退了。谁不愿意享受幸福？由此可以推测出，他们所处的是一种什么样的生存环境，或许正是这样的生存环境，才会产生如此凄美纯净的爱情，因为只有这种极致的爱可与它抗衡，否则爱就根本不能存在。由此，又令人想到作者的爱情理想正是他对于精神处境的自我意识，想到人如果不能如剧中的主人公那样拼死一搏便什么也不是，古往今来都是如此。面对死亡的爱在现实中是很难行得通了，但艺术的生存中，我们仍然可以一次次演习罗密欧与朱丽叶的不朽的故事，用我们的热血一次次向这个充满了恶的世界发出宣言。

注：

（1）《莎士比亚全集》第五卷，朱生豪等译，译林出版社1999年版，第113页。
（2）同上，第117页。
（3）同上，第143页。
（4）同上，第154页。

崇高的理念与食人的实践

——读《泰特斯·安德洛尼克斯》

▶ 不，我的好伯父，可是普路同有信给您，他
说您要是需要差遣复仇女神的话，他可以叫
她暂离地狱，听候您的使唤；可是公道女神
事情很忙，也许她在天上跟乔武有些公事要
接洽，也许……——坡普律斯[1]

　　这个剧本崭露了莎士比亚世界观里最为阴沉的一面以及他对于人性前途的无尽的悲哀。诗人描绘的这种血淋淋的场面，在某种程度上也是他内心那个矛盾得要爆炸的世界的写照。

　　剧情一开始便是血腥的杀戮。大将军泰特斯·安德洛尼克斯征服了哥特人，带着哥特女王一行俘虏回到罗马。在他的牺牲的儿子入墓前，他要杀一个女王的儿子作为对自己儿子的亡魂的祭礼。火已经升起来了，面无人色的痛苦的女王跪在地上向泰特斯苦苦求情，求他赦免她的长子。她说她的儿子也是同样地为国家和君主而战，没有任何罪过，她希望泰特斯效法天神的慈悲。她的话并没有使泰特斯有丝毫动摇，在历次战争中失去了十几个儿子的勇敢的将军，此刻满腔都是复仇的怒火。于是女王的长子遭到肢解之后被投入烈火，烧成焦炭。

　　以上惨烈的场面揭开了人性内在矛盾的可怕对峙。为着"国家、人民、公正、荣誉……"这些崇高的理念，泰特斯的儿子在战争中被敌人杀害。现在他要为儿子行祭礼，无非是从"公道"的原则出发，即"以血偿血"，以慰亡魂。泰特斯是一位品性完美的罗马忠臣。而

从哥特女王塔摩拉这方面来看，则是另外一回事了。她打了败仗丧失了国土，被俘虏到罗马来，一路上受尽侮辱，但是这一切还不够，泰特斯还要当她的面残杀、肢解她的爱子。对于一位母亲的心来说，不会有比这更致命的打击了。这种惨痛的折磨，在日后会孕育出什么样的奇异的果子，已经可以预料了。

什么是公道呢？公道就是将泰特斯的儿子临死前所经历的可怕痛苦加于塔摩拉的儿子，让塔摩拉承受泰特斯所承受的同样的丧子的痛苦。这样活着的人心理上得到平衡，亡魂也得到安息。人类古代对理念的理解发展到今天已有了很大的变化，但万变不离其宗，矛盾依然如旧。理念将如何来实践呢？诗人用冷静的手层层剥离，将人性的真相，将内核展示于观众的眼前，形成一个巨大的问号。

塔摩拉被新的国王看上，立为王后，一个巨大的、血淋淋的复仇计划制定出来了。她心中的全部的母爱，现在都化为了杀戮的动力，她恨不得通过计谋将泰特斯一家斩尽杀绝！于是她与她的情人同谋，首先唆使儿子杀死了泰特斯的女婿，接着又叫她的两个儿子对泰特斯的女儿拉维妮娅施暴，并砍去她的双手，割掉她的舌头。随后她又将拉维妮娅丈夫的死嫁祸于泰特斯的两个儿子，将他们杀掉；这样还不过瘾，还要害得泰特斯被砍掉一只手。塔摩拉的举动让观众看到，人心最深处的欲望一旦释放出来，实在是令野兽们望尘莫及的。

遭到了这一系列可怕的打击之后，泰特斯终于抛开了国家和人民，他不再指望国家或君主来替他主持公道了，他要自己来复仇，当然仍然是根据内心的理念。他要让塔摩拉重新感受他心中无法用言语来形容的痛苦——那种比死还苦万倍的感觉。为此他以疯作邪，深思熟虑。他所想出的计谋比塔摩拉的情人的构思更为奇特，更令人发指。他用计杀了塔摩拉的两个儿子之后（割开血管，让血流尽），将他们的骨头磨成粉，用他们的血将粉和成面饼，烘焙成点心，让塔摩拉吃了下去。在完成了这一切时，泰特斯分明感到他所追求的东西已经远在天边，今生不能再相见，他内心也许还感到自己已经不再是人了，所以他杀了自己的女儿，为她免除了痛苦。然后他又被国王所杀。即使国王不杀他，他也一定会结束自己的生命，这生命对他已不再有任何意义。

　　泰特斯的转变是耐人寻味的，它显示出理念与实践已经相距得多么的遥远。一开始满脑子崇高理念的泰特斯的确是够冷血的，儿子们惨死在战场上，他还在大发议论谈到为国捐躯的荣誉；一位儿子触犯了他心中的理念，他就毫不犹豫地将他刺死，还残忍地不让他躺进祖先的墓地。他所捍卫的东西给了他什么样的回报呢？那回报就是女儿被强暴、被致残，女婿被杀，两个儿子也被杀，自己失去一只手，连命都要保不住了。这时人性才在他心中渐渐恢复，但却是朝一条歧路通往兽性。泰特斯想到了犯上作乱，他要他的儿子投向叛军，反过来征服腐败的罗马。也就是说，他走出这一步的时候，"君主、祖国"等这些观念已失效。虽然他仍然信奉天神的公道和正义，但那种公道其实只是根据他内心的情感欲望做出的想象了，绝望中的他将自己当作了复仇女神，将自己的欲念当作了正义女神的欲念，这是一件自然而然的事。否则的话，为什么公道只能属于他，而不能属于塔摩拉？塔摩拉所做的一切难道不是一位感情冲动的母亲的正当反应么？人没有了理念（即使他仍根据内心那种失去所指的空洞理念行事），便只有沦为野兽，甚至比野兽还不如。

　　纯朴的、古典的追求的确是如泰特斯的例子一样，是完全没有出路了，人性的复杂将人推到走投无路的境地，莎士比亚将这一境地的恐怖在剧中表演到了极致，他还没有给人指明道路，但是他已将最根本的问题向人提了出来，剧中浓烈的、使人窒息的氛围将铭刻观众的心底：

► 所以我向石块们诉述我的悲哀，它们不能解
  除我的痛苦，可是比起那些护民官来还是略
  胜一筹，因为他们不会打断我的话头；当我
  哭泣的时候，它们谦卑地在我的脚边承受我
  的眼泪，仿佛在陪着我哭泣一般；要是它们
  也披上了庄严的法衣，罗马没有一个护民官
  可以比得上它们：石块是像蜡一样柔软的，
  护民官的心肠却比石块更坚硬；石块是沉默而
  不会侵害他人的，护民官却会弄掉他们的舌
  头，把无辜的人们宣判死刑。——泰特斯[2]

　　同塔摩拉形成对照，泰特斯的痛苦更带文明色彩，因而充满了矛
盾与绝望。他总是处在要么理念战胜情感，要么情感颠覆理念的拉锯
之中，两方面无论哪一方绝对占了上风对于他来说都是致命的。他既
不能抛开一切亲情的牵挂，做一名无动于衷的孤家寡人，又不能丢掉
自己为之奋斗了一生的理念。我们可以说是因为有了理念才有了人，
但理念发展到一定阶段却要将人毁掉，这是一幅多么无望的末日的图
像啊。泰特斯就是由于心中怀着朴素的罗马人的理想不放，才落得了
一个毁灭的下场。而相形之下塔摩拉却要简单得多，她没有内心矛盾
的折磨，她是被泰特斯所杀的，不像泰特斯被杀前自己已从精神上毁
灭了自己。按照对于天神的理念的古典理解，没有出路的泰特斯只能
变成野兽不如的东西，这种生活对他来说的确生不如死。搞阴谋，设
圈套，让对方陷入比地狱还可怕的情感痛苦，出人意料地，泰特斯变
得比魔鬼艾伦更胜一筹。复仇的欲念将他变成了一个变态狂人，而这
一切都是为了"公道"与"正义"，甚至还有"国家"！还有什么比这
更荒谬的呢？到最后，恐怕连他自己也不能相信自己是在维护理念了
吧？如果理念的作用是将人倒退到比野兽还落后的境地，那还要这个

理念干什么呢？泰特斯无法回答心中的责问，他已厌倦了这个世界。所以到最后，当他儿子已胜券在握时，他也没有向他做出治国的任何交代，他已确定自己的生命应该中止在报仇雪恨之后。一场对于理念的追求以屠宰场一般的杀戮告终，这的确是泰特斯始料未及的。

摩尔人艾伦也同泰特斯形成对照。这是一个没有任何道德观念的野蛮人，作恶就是他一生的爱好。他满腔都是对人的憎恨，把人害得越彻底就越高兴，别人的痛苦就是他的补药；而他自己，不管干了什么都绝对不痛苦。他自生自灭，没有任何反省，就像在游戏人生一般。虽然正人君子们将他看作魔鬼，其实他心里很清楚，他和别人没什么两样，只不过执着于一端不回头罢了。那些受到理念制约的人又怎么样呢？作起恶来不同样禽兽不如吗？泰特斯这样的正人君子比他又好多少？他虽是个魔鬼，爱起自己的幼子来一点不比那些人差。艾伦在剧中扮演的是一个看破红尘的角色，他可不想用什么道德来束缚自己，他活着就要及时行乐，死了也不后悔。他的形象是令人恶心的，可是比起泰特斯别出心裁的兽行来也坏不到哪里去。既然有信念和没有信念的人都是殊途同归，泰特斯也就同艾伦并无区别了。

莎士比亚为什么要描绘这么多的血腥呢？当然不是因为心理变态。在他那个伟大的时代里，当人性得以充分展开时，必然的结果便是理念、道德与原始冲动的内在矛盾加剧。热爱真理的诗人所做的，便是借古喻今，将大写的"人"的涵义展示给观众看。

注：

（1）《莎士比亚全集》第五卷，朱生豪等译，译林出版社1999年版，第60页。
（2）同上，第39页。

永恒的梦幻

——读《奥瑟罗》

▶ 啊，甘美的气息！你几乎诱动公道的心，使
她折断她的利剑了！再一个吻，再一个吻。
愿你到死都是这样；我要杀死你，然后再爱
你。再一个吻，这是最后的一吻了；这样的
销魂，却又是无比惨痛！——奥瑟罗[1]

苔丝狄梦娜是奥瑟罗严酷军旅生涯中的一个梦。军旅生涯意味着
杀戮、嗜血、冰冷的刀光剑影，同情心的死灭，为着某种理念的东西
将野蛮的本性尽情发挥。美丽的贵族少女苔丝狄梦娜却爱上了这样一
名出生入死的军人，当然不是因为他的专横残暴，而恰好是他的另一
面，以及她那细腻善感的心灵对于他身受的苦难的深深的同情。

由于苔丝狄梦娜从来就是被奥瑟罗那心的囚笼严密地镇压着的
梦，这样的梦是不能同冷酷的现实谋面的，如果那可怕的情形当真发
生，那么要么是梦的消失，要么是梦被现实所吞噬，心变成纯粹的地
狱。就像命中注定一样，热血的摩尔人同温柔的苔丝狄梦娜相遇了，
两人一道坠入爱的梦乡。那种爱情的热度，以及对身心的深入，是无
法用语言来形容的。

▶ 要是我现在死去，那才是最幸福的；因为我
怕我的灵魂已经尝到了天上的欢乐，此生此
世，再也不会有同样令人欣喜的事情了。[2]

▶ 要是我不爱你，让我的灵魂永堕地狱！当我
　不爱你的时候，世界也要归于混沌了。⁽³⁾

　　刻骨铭心的爱不能老浮在半空，然后它就同现实晤面了。现实就是奥瑟罗的个性，那个性里有一位深藏的魔鬼，他占据着一大片不毛之地，只要有人稍加挑唆，他就要现身，来摧折短命的梦之花。一朝打开了心的囚笼，放出了纯美的梦，魔鬼也随之脱离了羁绊。这魔鬼注定要成为最后的赢家，因为它已经历了无数沙场的锤炼。战旗猎猎，号角齐鸣，虎啸龙吟，杀人如麻，经受过如此洗礼的坚硬的怪物，奥瑟罗怎能敌得过它？事发之前善恶之间有过一场惨烈的战争，走投无路的摩尔人无数次地逼问过自己：是继续爱下去还是仇恨？毕竟热烈的爱为时不长，而那魔鬼，已在心中盘踞了几十年，有着坚实的基础，所以在这场较量中立刻就占了上风。哭泣的心流着血，麻木的大将军成了轻信的小孩，乖乖地接受小人伊阿古的调排。在这时，失去了爱的内心就真的"归于混沌"了。爱是怎样失去的？当然是被奥瑟罗自己剿灭的，以他的丑陋，他实在是不该有那样的梦；又由于缺少自我意识，便看不见自己的丑陋，一味地蛮横凶残，无异于两脚兽。

　　尽管令人无比憎恨，奥瑟罗的爱情仍然是他的一场对于美的不自觉的艰苦而绝望的追求。在社会和职业的支配之下，人性已变得如此可怕，甚至令人恐怖，这样的人仍然要追求那永远追求不到的东西，并且似乎就为那种东西而活着，追求过程的凄惨就可想而知了。

▶ 像你这样一个蠢材，怎么配得上这样好的妻
　子呢？——爱米利娅⁽⁴⁾

但奥瑟罗怎能不追求呢？不追求，他就不是一个完整的人。从他看见梦一般的苔丝狄梦娜的那一刻起，他就凭直觉知道了，他是为她而活着的。那个时候，他还不知道自身的丑陋，那个时候，他只知道自己拥抱着美，他要这永恒的美属于他一个人。可惜美是不能属于任何人的，人只能追求。奥瑟罗不懂得这个，他破釜沉舟，用最野蛮的方式来实施他的占有。他的心在哭泣，他的热血将他变成屠夫；越挣扎，越绝望，美离他越远。他不甘心，也许他想用杀戮来阻止美的最后离去；以前从来没有生活过的他，这一次终于明白，没有了苔丝狄梦娜的爱，他那漆黑一团的内心便失去了活下去的欲望。一场热血沸腾的追求，很快以杀戮告终，这就是事情的底蕴、真相。一个有自我意识的人，他会从事情的初始就看到结局，如伟大的莎士比亚。

　　奥瑟罗看不见自己的形象，他在临终前关于自己品格的总结是简单而幼稚的；他的盲目却是演绎出那种惊心动魄的性格冲突的前提。明明是占有欲的冲动而起杀心，却偏偏说成是为了荣誉和正义；本是出于嫉妒而对弱者施暴，却自欺地说成是为了名声和自尊；冠冕堂皇的话语总是与实际的情形脱节。但他只有这样的话语，这话语一直遮蔽着他的真实形象，没有这种遮蔽，后来的一切都不会发生。生活在话语中的人当然不会知道那话语的欺骗性，原始的欲望在世俗观念的支配下自由泛滥，人以为是追求美，其实是野蛮地实施将美毁灭的罪行。然而过程就是在欺骗中完成的，若没有自欺，生活也会随之消失。盲目的奥瑟罗遍体鳞伤，心在流血，这样一种发了疯的追求逼真地显示着美的存在。人是多么的丑陋，但人追求美的真诚的决心不是连上苍也会感动吗？奥瑟罗以自刎表明了他的献身。他的丑陋和他的美就是他身上的阴和阳，在他身上互生互长，没法割裂。读者的同情之泪是为了美的惨遭摧折，读者的悲哀则是为了自身恶劣处境的压迫。

▶ 苔：明天杀我，让我活过今天！

奥：不，要是你想挣扎——

苔：给我半点钟的时间！

奥：已经决定了，没有挽回的余地。

苔：可是让我做一次祷告吧！

奥：太迟了。（扼苔的咽喉）⁽⁵⁾

这样一个残暴的屠夫，谁也找不出能为他开脱的理由。奥瑟罗，他对自己性格的总结虽表面倾向于某种程度的合理（人之常情），但读者必定能读出那其中不自觉的虚伪。他把他的罪行归结于"在恋爱上不智而过于深情"。也许的确是假如爱得不那么深就不会发生悲剧，可是惨剧的发生却不是因为爱得深。奥瑟罗永远不会知道是因为什么，他看不见自己，只看见一片漆黑，那漆黑是他的归宿。其实在他杀死苔丝狄梦娜之前，他就已经死了，臭气已经隐隐散发。

▶ ……可是我的心灵失去了归宿，我的生命失
去了寄托，我的活力的源泉干涸了，变成了
蛤蟆们繁育生息的污池！⁽⁶⁾

既然心已死，为什么还要杀苔丝狄梦娜？并且是亲手杀害，用扼死这种彻骨的手段？此时的奥瑟罗已丧失了人性，成了嗜血的怪物，满心都是暴虐和占有的疯狂，也许这才是他"原形毕露"之时，他不是杀过很多人吗？当真相大白时，人性才又重新苏醒，梦的灵光已完全熄灭，复仇开始，魔鬼的末日到了。这位常胜将军无法接受这样一个惨败的结局。

这真是生活对人的嘲弄，人的目标和人的现状是多么不相称，那之间的距离又是何等的遥远，具有这种形象的人居然想追求美，甚至

独霸这美，这不是发了昏么？疯狂的梦想却来自人的本性。只要这大地上还有人，不论他们的状况是多么惨不忍睹，梦想的权利是谁都剥夺不了的。奥瑟罗的例子是一个自我意识缺席的人的极端的例子，然而谁又不是某种程度上的奥瑟罗？人消除不了自身的梦想（这梦想使人性变得高贵），人能够做的就是认清自己的现状，使自己尽量配得上那梦想，从而使追求成为可能。人啊，挣扎吧，那美丽的苔丝狄梦娜，永远是人类理想的象征。

再想想苔丝狄梦娜那求生的哀求，那令石头也要动容的哀求，那不就是奥瑟罗自己灵魂的哀求？发了疯的怪兽什么都听不到，他已经没有灵魂了，当然也就不再有爱。他用魔爪扑灭的，就是那曾经属于他的光，他没有料到被他剿灭的灵魂还可以复活，来进行同样疯狂的报复，让他死于自责。习惯于在伪装的遮蔽中生活的人，一旦于偶然的机遇中看见自己的本真，这人世中就不再有他的容身之地。

▶ 我们在天庭对簿的时候，你这一副脸色就可
以把我的灵魂赶下天堂，让魔鬼把它抓去。
……魔鬼啊，把我从这天仙一样美人的面前
鞭逐出去吧！让狂风把我吹卷，硫磺把我熏
烤，沸汤的深渊把我沉浸！⁽⁷⁾

什么样的令人颤栗的凶残丑恶啊，难道是说一句"不妨说我是一个正直的凶手，因为我所干的事，都是出于荣誉的观念，不是出于猜嫌的私恨"这样的诡辩就可以洗清得了的吗？奥瑟罗真是太天真了。然而他的心同他的话并不一致，这颗热烈的、被他野蛮的伤害弄得破碎了的心现在逼着他速死，只有这样才能解脱。

他是一个凶残的恶人，他又是一个热情的爱人，莎士比亚将这二者在人性中统一，使奥瑟罗这个形象有了永恒的意义。悲剧是什么？

悲剧就是将人的失败的追求展示给人看，既是鞭挞也是悲叹。似乎追求永远只能是失败的，人永远是不自量力的，空灵的美遥不可及；但那过程中的欣喜、陶醉、神圣的向往，甚至徒劳的挣扎和漆黑一团的绝望，都是人所独有的财富；只要不放弃追求，这一切就永远是财富。奥瑟罗达不到这个层次，因为他不懂得反省，只有作者在创造这个形象时，才站在这样的境界里。

热血的、绝望的追求者，残暴的杀人魔王，这就是读者看到的奥瑟罗，犹如金光灿烂的狮子后面拖着夜一般浓黑的阴影。两个形象都是真实的，作者将真相揭露出来，也就为读者启了蒙，让人可以看见人性内部的本质是怎么回事；人必须怎样不懈地同自身的魔鬼进行永不妥协的扭斗；一旦人放松了警惕，将会有什么样的可怕的情形出现。同时也使读者懂得，人并不像奥瑟罗那样，是无可救药的，作品的创造已经向人显示了获救的通道；在不断深化的辨别与探索中，在向核心部分的突进中，美会在人的精神境界里永存。

伊阿古在剧中以魔鬼的面目出现，他又有点像艺术中启动原始之力的先知。他深通一种技巧，那就是如何样将人性中潜伏的能量调动起来，掀起山呼海啸的灾祸；将一点火星助燃，烧成熊熊大火，将一切毁灭。因为自己坏到底，也就精通了恶的奥秘，洞悉了所有人身上致命的弱点，这样他就可以得心应手地将恶的规律运用到他们身上。如同苔丝狄梦娜是奥瑟罗心中的梦一样，伊阿古则是奥瑟罗心中的恶魔。残酷的造物主喜欢残酷的对称，为了那精彩的戏剧性的展开。越是高贵、勇敢、无私，就越残暴、粗野、占有欲强。盲目的奥瑟罗当然并不懂得自我是怎么回事，他走投无路，只好盲目冲撞，而挑起矛盾的伊阿古为吸毒般的快感所驱使，不断将这出戏推向高潮。可以说伊阿古又是这出戏的导演，他的大胆的、敢于无中生有的技巧能够触动人最深处的心弦；他从不相信任何道德价值，只相信人的原始本能；

他那种隐秘的、见不得人的激情一点都不亚于现实中的奥瑟罗。这是两种性质的激情，一个阴，一个阳。莎士比亚在创造这个形象时时常不由自主地超出了善恶的世俗界限。请看他怎样挑唆奥瑟罗：

▶ 像空气一样轻的小事，对于一个嫉妒的人，
也会变成天书一样坚强的确证；……危险的
思想本来就是一种毒药，虽然在开始的时候
尝不到什么苦涩的味道，可是渐渐地在血液
里活动起来，就会像火山一样轰然爆发。(8)

在这种激情支配之下，开始只不过是要搞掉奥瑟罗的副手，自己取而代之，到后来形势急转直下，屠杀便按照他的逻辑发生了，既像是偶然所致，又像是意料之中。当人们诅咒伊阿古是一条狗的时候，有多少人透过文字看到了莎士比亚脸上那神秘的表情？每个角色都忠实于自己的本能，但本能一旦发挥出来，往往要突破古典的形式。所有的人当中只有伊阿古知道，当人脱下盔甲、去掉社会的头衔、赤身裸体时，那差别是很小很小的。然而伊阿古同样也没有预料到这场戏要用自己的生命来将其演完。为激情所控制的他就如滚雪球一样将罪恶越滚越大，而内心，也越来越兴奋、高昂，那种对于地狱的迷醉啊，将正人君子的宗教感全部踏在了脚下。他就是要死死地执着于这人生的短暂的陶醉："哪怕我死之后洪水滔天"。经历了最高的快感之后，等待他的就是死亡了，这是艺术的规律。

当然伊阿古和奥瑟罗都达不到艺术生存的层次，区别只有一点，他们都不具有自我意识。在伊阿古的身上，作者将关于"人"的激情的描绘集中地展示，并不完全是为了戒恶扬善，而是还有深奥得多的涵义。当一种品性发挥到极致的时候，读者就会发现它同另一极相通的渠道，伊阿古的形象所具有的经久不衰的魅力也就在此。为什么只

要经伊阿古一挑唆（挑唆的办法简单而稚拙），所有的人，无一例外地都要上他的当呢？这些人都没有头脑吗？伊阿古之所以屡屡得手，根源就在于他对人性的精通，他其实就象征了每个人身上的兽性，那种强大的欲望在普通人身上一旦被撩拨，就再也压制不下去。伊阿古所做的就是到处点火，把世界搅乱，以获取快感。伊阿古的行为很像艺术的创造，假如他具有自觉的意识，他就是一名艺术工作者了。

注：

（1）《莎士比亚全集》第五卷，朱生豪等译，译林出版社 1999 年版，第 500—501 页。
（2）同上，第 453 页。
（3）同上，第 453 页。
（4）同上，第 508 页。
（5）同上，第 503 页。
（6）同上，第 484 页。
（7）同上，第 510 页。
（8）同上，第 460 页。

迷人的野性与苍白的文明

——读《安东尼与克莉奥佩特拉》

▶ 你们埃及的蛇是生在淤泥里，晒着阳光长大
　的。你们的鳄鱼也是一样。[1]

　　被安东尼称之为"古老的尼罗河畔的花蛇"的克莉奥佩特拉女王，在这个五幕剧中，将那种令人神往的野性的魅力，做出了前所未有的展示。在这位埃及女王的艳丽光照之下，文明的旗帜是那样的萎靡不振，这种情形不止一次地使人怀疑起文明的意义的所在来。

　　埃及明媚的阳光里出生的克莉奥佩特拉，一生都是为爱情而活，她的妖媚，她的热烈，她的无穷无尽的精力，令一切文明社会里的淑女们黯然失色，变成了木偶。女王不受任何道德观念的约束，她的心就是她的通行证，而这颗热烈的心里面，对爱情有着超出常人的贪婪与执着。罗马三雄之一的安东尼，就是同这样一位美丽的女人坠入了情网。让我们想象一下在安东尼身上发生了什么？

　　在他体内的某一部分沉睡了几千年的那种欲望，现在是被彻底地调动起来了，他置身于从未有过的奇境之中，不能自制：

▶ 生命的光荣存在于一双心心相印的情侣的及
　时互爱和热烈拥抱之中（抱克莉奥佩特拉）；
　这儿是我的永远的归宿；我要让全世界知道，
　我们是卓立无比的。——安东尼[2]

可是安东尼的豪言壮语并不能马上在现实中实现。他既是热烈的情人，又是戴着文明桎梏的男人、军人、统治者，他必须在这两者的分裂当中受煎熬。于是我们看到，剧中有两个安东尼，他们的所作所为背道而驰。从本性来说，女王的倾城的魔力对于他是一副'坚强的埃及镣铐'，只要置身于她的怀抱，他就忘记了一切，将爱情当作他生活的唯一的意义。但安东尼是在文明社会里成长成今天这副样子的，他虽醉心于克莉奥佩特拉的爱，却又从道德观念出发将他在埃及的艳遇看作自己的一次堕落，一次对国家、人民和妻子的背叛。所以他行事遵循的是两种准则，起先这两种准则就像井水不犯河水似的，到后来野性的力量逐渐在心中占了上风，二者的那种纠缠便弄得他完全乱了方寸，做出一系列不可思议的事。

安东尼对克莉奥佩特拉的爱是分阶段地、逐步地变得不顾一切，最后甚至将生死都置之度外的。这中间当然有外部条件的作用，但主要还是由于内心无法抑制的那种渴望所致。剧情一开始，田园诗般的背景衬托着充满野性的激情，在女王的怀抱里，享受着从未有过的爱的安东尼对于文明社会中的一切（爱国主义的责任和义务）感到无比的厌倦，他要在眼前这种单纯的爱情里抓住生命的意义，因为他已经不再年轻了。但警钟忽然敲响了，信使将他妻子死亡的噩耗带来，几十年的环境教养的力量立刻就令爱情隐退，让自责与悔恨充满了他的心头。在这第一个回合中，情欲被打败了，安东尼回到自己的国家，重新履行自己作为君主的义务。在这整个的过程中，安东尼的形象显得是那样的"正常"，就像他是同小凯撒没有区别的人，就像他从不曾到过埃及一样。为了平息战事，也为了自己改邪归正，他娶了小凯撒的妹妹，他打算从此洗手"从良"了。当然在暗地里，他一定还是将他在埃及的艳遇深藏于心底，既当作大逆不道的耻辱又当作极乐的、能激发他强大情欲的秘宝。他从未想过要娶埃及女王，因为她是被排除在道德之外的尤物，另一个世界里的魔女，仅仅同欲望和爱有关的女人。安东尼回到罗马就是从梦里回到了现实，那梦是天堂，但天堂是"正常"人进不去的。

安东尼在自己的国家统治得并不顺利，与情人的分离也让他郁闷不堪，为了与小凯撒对抗，并表明对他的蔑视，安东尼又一次投向了埃及女王的怀抱，而且这一次比上一次远为彻底。他抛弃了凯撒的妹妹，他的明媒正娶的夫人，从此踏上了追求爱情的不归路。脱离他所习惯了的一切，安东尼又一次沉浸在梦境之中，只是在这个时候，他才发现，这个梦已成了他生活的全部。而且这个梦在慢慢地失去甜蜜、慵懒的色彩，变得酷烈起来，因为文明的社会里不再有他这个叛逆者的容身之地，因为以小凯撒为代表的统治者，将要对他实行严厉的制裁。失去了根基和准则，安东尼的行为变得古怪起来，现在他的一举一动都听克莉奥佩特拉的将令，而女王的行为，从来是不受所谓理智的支配的。于是像意料中的那样，他在对凯撒的战斗中大败而归。世俗意义上的失败，对于他和女王的爱情来说，其实正是向那辉煌的高度与最后的归宿挺进，爱情渐渐有了悲壮的调子：

▶ 你知道你已经多么彻头彻尾地征服了我，我
的剑是绝对服从我的爱情的指挥的。——安
东尼[3]

▶ 不要掉下一滴眼泪来，你的一滴泪的价值，
抵得上我所得而复失的一切。给我一吻吧，
这就可以给我充分的补偿了。——安东尼[4]

安东尼已经大大地改变了，他遵循同从前相反的逻辑做人，他的毁灭成了定势。而这种心甘情愿的毁灭，是他同女王的爱的最高意

境。"我在这世上盲目夜行，已经永远迷失了我的路。"文明的归路已从他脚下消失了，从此他所做的一切都是听从心的指挥。从心出发，他要求凯撒同他进行"剑对剑的决斗"。但在凯撒看来，这个要求是毫无理性的，是愚蠢的、野蛮人的方式。

安东尼之死也是符合爱情的逻辑的。他没有死于凯撒的剑，却由于疑心与嫉妒，不幸死于女王的一个恶作剧。他的死，是双方对于对方爱情深度的最后测试，他用生命给女王交上了完美的答卷。看起来好像是偶然事件，实际上早就注定了是这种结局。性格暴烈的安东尼，一直对女王极不放心，因为他深知她贪婪多变的性情，他总在要求她证实自己的忠诚，与此同时他自己也在不断地向她证实他的忠诚。他们双方都明白，最终的证实只能是死。所以在被逼到走投无路之时，女王就躲进了陵墓，诈称自己已死；安东尼则在闻讯之后自尽。爱情的本质就是一个不断证实又无法最终证实的过程，当事人在这个过程中的痛苦体验就是爱的实现。

▶ 在灵魂偃息在花朵上的乐园里，我们将要携
手相亲，用我们活泼泼的神情引起幽灵们的
注目；狄多和她的埃涅阿斯不再有人追随，
到处都是我们遨游的地方。——安东尼 [5]

对于那个世界的梦想源于这个世界的痛苦的死结没法解脱。倒不一定是安东尼特别多疑，而是爱情本身的虚幻性和女王的多变与狡诈使他走了极端。安东尼总在嫉妒小凯撒，因为凯撒比他年轻，后来又比他更有权势，他担心克莉奥佩特拉一旦同小凯撒见面，就会投入他的怀抱。他的担心不无道理。那么为了爱——他现在唯一的活着的支柱，他能做什么呢？他能做的，就是将他们两人这种惊世骇俗的爱推向最高的阶段。当他这样做的时候，克莉奥佩特拉即使心中有非分之

想，也被扫到了九霄云外，因为她是最能体验安东尼的英雄主义的爱的，她自己也是不顾一切地追求爱情完美的。于是女王痛上加痛，推波助澜，两人共同实现了他们的信念。维持爱情的唯一法宝就是发展它，安东尼和克莉奥佩特拉以惊涛骇浪似的情感起伏展示了这样一种发展的典范。

至于克莉奥佩特拉，这位埃及的美女，欲望的化身，内心同安东尼是大不相同的。她没有受过安东尼那样的教养，文明的观念在她心中十分淡薄，她的欲求也更为直截了当。她爱安东尼，爱他的超出常人的热情和力量，只有同他厮守在一起的时候，她的生命之花才无比艳丽；一旦离开了爱人，她就会枯萎、厌世。她从来不认为她这种光明的爱情是一种罪过，她对安东尼的背叛总是无比的愤恨与悲伤。即使在安东尼离开她的日子里，她也在日夜策划，不择手段地打探，从未放弃过夺回爱情的努力。很显然，森严的罗马文明是很难长出这样的罪恶之花的，这也是安东尼离不开女王的根本。谁能抵御得了这种野性的魅力？

▶ 阔面广颐的凯撒啊，当你大驾光临的时候，
我成了这位帝王的禁脔，伟大的庞贝老是把
他的眼睛盯在我的脸上，就像船锚抛下海底
永远舍不得离开一般。——克莉奥佩特拉[6]

可以想象这位风流女王有过多少情人，多少次天翻地覆的爱情！她的欲望有点像我们俗话所说的："吃着碗里，看着锅里。"同样也可以想象，要系住这样一位女人的心，对方将要具有什么样的超常的能量和热度！就因为安东尼的热情同她旗鼓相当，她才能对他魂牵梦萦。按直觉行事的她，永远对这位爱人不放心。她知道他身上的"文

明病"是怎么一回事，她一直企图用自己的热情来驱走他体内的怪物，以便有一天独占这位英雄。为达到这个目的，她可谓用尽了她所拥有的那种民间智慧。没有谁比她更能揣测安东尼的内心了，爱情使她将每时每刻都变成了思念与牵挂。她那么爱安东尼，荒唐的文明社会却让安东尼在同她热恋的期间去和别人结婚。既然她阻止不了那件事，她就只能藐视那个婚姻，坚持她自己的权利。此外正是安东尼的背叛，将她的爱情之火扇得更旺，得不到的东西渴望才会更厉害。

　　不久安东尼就顺从爱情的强大力量回到了女王的身旁。重逢后的安东尼有了很大的改变，这种改变大部分要归于她的影响。在此后的战事里，安东尼不再是为自己的领土、国家和人民而战，而是仅仅就为女王而战。失败已经可以看得见了。对于克莉奥佩特拉来说，战争意味着什么呢？那显然是同罗马人眼中的战争完全不同的。她不懂，也不想去弄懂这种文明人的高级的自相残杀的规律，对于她来说那种事是疯狂的。所以她一旦亲临战斗，立刻吓得掉转了船头往回逃跑，于是为女王而战的安东尼，也理所当然地跟在她后面逃回来了。这虽然荒唐，却十分合乎情感的逻辑。安东尼，这位勇敢的主帅，居然逃跑！连他自己也不知道为什么。其实原因十分简单：战争的性质已于不知不觉中改变了。女王不懂罗马人的战争，女王感兴趣的是那种单对单的用剑决定胜负的决斗，她认为那才是体魄、力量和智慧的展示。她多么希望她心爱的安东尼同小凯撒进行这样一场决斗啊！要是安东尼刺死了凯撒，她会更加神魂颠倒地爱他；要是反过来凯撒刺死了安东尼呢？最终她一定会投入凯撒的怀抱吧。因为这就证明了这个小凯撒不愧是她那位前任情人的骨血。然而她失望了，那个苍白的文明的化身根本就不打算接受决斗，只有满脑子的关于战争的计谋与策划，他感兴趣的不是从人格和体格上战胜安东尼，却是夺取国土、征服人民，成为独裁者。克莉奥佩特拉一直到最后才真正看穿这个与自己格格不入的小人，她对他那种出自心底的憎恶也就是自然而然的了。

克莉奥佩特拉为爱情而活,但绝不"从一而终",毋宁说她的野性使她风流放荡,见异思迁。当然这并不等于她就像妓女一样没有原则,她的原则就是心的召唤。她热恋安东尼的同时,的确也产生过勾引小凯撒的念头,也许她想重新领略自己青年时代的激情吧。可惜小凯撒完全不像他伟大的父亲,那位女王过去的情人,他的所有的行为均让她失望,最后终于发展到憎恶。这就可见安东尼要征服这样一匹野马有多么的困难,那一次又一次的嫉妒情感大爆发既加深着他们之间的情感,又像催命的鼓点一样,赶着这一对情侣往死路上奔。安东尼越是发狂,克莉奥佩特拉越是觉得刺激,她身不由己,将爱情的游戏变成了死亡的游戏。否则还能怎样呢?他们之间的爱,从一开始就决定了不会有平静的时光。安东尼投身于埃及的欲海之中,再也没有返回他的祖国,他比从前那位凯撒更为决绝,就为了这个,克莉奥佩特拉才终于"从一而终"的吧,因为只有他配得上她那奔放热烈的爱。安东尼的情感临死前在女王爱情的渗透中升华了,如此嫉妒而暴烈的他,终于在深爱中达到了忘我,他没有要求克莉奥佩特拉随他去死,反而带着无比怜惜的心情要她小心自己,并永远记住他的好处。时隔不久,克莉奥佩特拉便以同样的举动回应了他的爱。死,对于这一对情侣来说,是解脱也是他们长久以来的向往,为了脱离这不完美的现实的痛苦。

剧中关于埃及的诗意的讲述,同充满了阴谋的险恶的罗马形成鲜明的对照。在常年征战而灵魂干瘪的罗马人看来,那块奇异的土地上的人们就像生活在仙境中,没有人与人之间的尔虞我诈,土地无比富饶,到处充满爱情,而埃及的女人,简直就是造化的奇迹,没有一个罗马的武夫不被她们所征服。或许是因为文明的重压不堪忍受,那种地方才格外令人神往,并且在罗马人口中得到美化。罗马人谈及埃及的时候，立刻会想到自己国土上的战火硝烟，中了邪似的分裂与兼并，想到这里没有大自然，也没有热烈的爱情，只有无穷无尽的邪恶的策划，冷冰冰的残杀。这样的文明究竟有什么意义呢？安东尼回国之后的遭遇令他无比的愤懑和厌倦，在自己的国家里越是失意，他的心就越向往着古老迷人的埃及。终于他抛开了一切，投奔到给他生命力的唯一的所在。一直到死，他口里喊着的都是"埃及"，而不是自己的祖国。说到克莉奥佩特拉，安东尼身上最初吸引她的肯定是那种异国的文明的风度，对于老凯撒、庞贝和安东尼身上的风度，她总是不知厌倦地被深深地吸引。她是那么欣赏他们对于妇女的优雅的风度，以及那种英雄主义的勇敢无畏。可是随着她同罗马之间的纠缠的发展，她才渐渐地明白了那种文明的冷血和凶残。小凯撒便代表了罗马文明的这一面，她对他由仰慕而渐渐发展为憎恶的过程，就是她对罗马文明认识的过程。所以她最后以死抗争，绝不让凯撒将她带往那监狱似的罗马。凯撒在整个过程中显得是那样的无耻和虚伪，但作为罗马人来说，他并没有错，他受的是罗马教养，脑子里全是那种观念，当然不能赞同埃及人的情感。他认为自己宽大、仁慈、体贴，是一名堂堂的君子。克莉奥佩特拉则认为他的这种仁慈比死还难受，所以她只想速死。在戏的结尾，凯撒打败了安东尼，征服了埃及，然而这种征服是另一种意义上的惨败。

注：

(1)《莎士比亚全集》第六卷，朱生豪等译，译林出版社1999年版，第237页。
(2) 同上，第198页。
(3) 同上，第260页。
(4) 同上，第260页。
(5) 同上，第286页。
(6) 同上，第213页。

诗人的悲哀

——读《雅典的泰门》

▶ 神啊，我们感谢你们的施与，赞颂你们的恩
  惠；可是不要把你们所有的一切完全给人，
  免得你们神灵也要被人蔑视。——泰门[1]

《雅典的泰门》表演的是一个人性发展的寓言故事。

雅典的大财主泰门是一个纯朴的人，但在剧情中，似乎有神秘的神灵附在他的身上，使他的举动带有某种被先知操纵的色彩。一开始，泰门抱着人性本善的信念，毫无原则地将自己的全部财产散发给所有的人。他的这种不负责任的行为助长了人们的奸恶，得了他的好处的那些贵族没有一个人将他放在眼里，所有的人全认为他是一个大傻瓜。后来泰门破产了，他去向那些贵族求告，但人人都对他关上大门，拒绝给他任何帮助。泰门怒不可遏，宴请所有的人来家中，用清水招待这些人，并痛斥他们的恶行。他的激烈的做法并没有引起人们的反省，大家反而认为他这一次是真的"疯了"。悲愤交加的泰门对人类彻底失望，躲进了森林中以洁身自好。神让他在森林里发现了金子，这个消息传到人们的耳朵里，无可救药的人们又燃起贪婪的希望，有人到森林里来找他，想骗取那些金子，结果被泰门怒斥。彻底绝望的泰门终于在森林里病倒，他将自己埋葬在预先在海边筑好的坟墓里，墓石上刻着他自己写下的难解的碑文。而与此同时，雅典的政权由于长期的荒淫和残忍终于导致了内乱，雅典城岌岌可危，元老们这才想起后悔，跑到洞穴去请求泰门说服叛军，但被泰门拒绝。眼看

雅典就要灭亡，事情却发生了意想不到的转折，原来是叛军首领在泰门精神的感召之下开始反省自己，力图要做一个高贵的人，于是主动停止了攻打雅典，致力于和平。泰门死了，他亲手撰写的自己的碑文上铭刻着对人性之恶的诅咒，和深深的凄凉感，给后世警醒，促使人们学会忏悔。剧情很简单，但隐藏在剧情后面的是博大的主题。

人的本性在这个剧本中是一步步暴露的。泰门从开始的相信人性本善到最后的确立人性本恶的过程，弥漫着伤感与惨痛。这个过程也就是从儿童的人到社会的人的认识发展过程，他所认识的是同胞的本性，而同胞的群体也包含了他自己。所以他后来隐居山林，宣布："泰门死了，他的大限已到；读到这字迹的只是野兽，因为这世界上根本就没有人类。"[2]理想主义的泰门，起先用儿童的眼光将人类看作高尚的象征，他在现实面前的碰壁就是他认识的深化。泰门本质上是一位古典情怀的诗人，他不能接受人性的现实，他要逃避这可怕的现实，他逃到山林，现实仍不放过他，继续折磨他，就像瘟疫一样。他终于明白，他只要活着，就不可能洁身自好，因为他仍是人类的一分子；而由于他的诗人气质，他又忍受不了人性中的臭气的熏蒸，他只好去死了，为了脱离这可恶的人类，也为了用这种姿态来给人类最恶毒的诅咒。如那碑文上所写的：

▶ 残魂不可招，空胜臭皮囊；
　莫问其中谁：疫吞满路狼！
　生憎举世人，殁葬海之漘；
　悠悠行路者，速去毋相溷！[3]

泰门终于用自己的死来促动了人们进行反省，也许这并不是他的目的，而是某种看不见的神灵的目的。泰门本身更像神的一个工具，这个短短的悲剧，则是神用它来演示人类成长过程的手段。什么神呢？称之为艺术女神比较恰当吧。泰门只是一个凡人，他的错误就是人类的错误，他的罪恶也是人类的罪恶。实际上，从一开始他就在犯罪，他用自己的财产来纵容人们好恶本性的泛滥；他一味沉醉在幼稚的梦想中，根本不管自己行为的后果；他一旦发现了人本性中的恶之后，又不敢接受现实，只是断然对人性加以全盘否定，还诅咒人类，宁愿人类退回到野兽的状态中去或者灭亡；他还根本不相信人是有理性的，他根据个人经验认定人无可救药。在他死后，作为人类忏悔代表的叛军首领艾西巴第斯说道：

▶ ……虽然你看不起我们人类的悲哀，蔑视我
  们薄凉的天性里自然流露出来的泪点，可是
  你的丰富的想象，使你叫那苍茫的大海永远
  在你低贱的坟墓上哀泣。高贵的泰门死了，
  他的记忆将永留人间。[4]

  艺术是人类的最高认识，要获得这种认识，人就必须受苦，必须像泰门一样牺牲自己，从一片昏黑之中去探寻那拯救的光。每一个达到艺术境界的人，都要死一千次，在罪恶的苦海里无尽头地挣扎，经受泰门所经受过的精神炼狱。经历了这一切而活下来的人，才会真正懂得人性是怎么回事，也才会知道出路只在忏悔。古典诗人的死亡将人的认识激化了，人必然要超越他的境界，向那陌生的却又是属于自己的领域进军；那个领域，就是写下这个悲剧的艺术家向人们所指示的。

  人类，这群卑劣的高级动物，在他们当中毕竟还是诞生了像泰门这样的古典诗人；但将他赶进树林，毁掉他的也是人类。不给诗人生存空间的民族是堕落的民族，没有希望和前途的民族。泰门的遭遇让今天的读者感到，人类的成长是一个何等艰难的过程，人曾经踩着多

少具泰门的尸体而过直到今天。诗人不会中庸之道，要么恨，要么爱。只是古典时代的诗人还不够强大，不能让两极长久地统一于自己胸中，所以这个孩童一般纯真的泰门走上了死路。剧情中人的忏悔当然是很不彻底的，带有很大的权宜之计的味道。人就是这样一群惰性十足者，他们的发展需要无数的诗人的牺牲来做铺垫，即使这样，他们的出自劣根性的罪恶也不会有丝毫减轻，只是过程中仍然会不断地有这种不彻底的忏悔——由诗人的牺牲来促成的忏悔。

注：

（1）《莎士比亚全集》第六卷，朱生豪等译，译林出版社 1999 年版，第 473 页。
（2）同上，第 503 页。
（3）同上，第 505 页。
（4）同上，第 505—506 页。

李尔王的性格

——读《李尔王》

> ▶ 这真是现世愚蠢的时尚：当我们命运不佳——
> 常常是自己行为产生恶果时，我们就把灾祸
> 归罪于日月星辰，好像我们做恶人是命中注
> 定，做傻瓜是出于上天的旨意，做无赖、盗
> 贼、叛徒……[1]

如果仅从世俗的眼光来看，李尔老国王是一个善良、慈爱、轻信、刚愎自用的人，他的悲惨遭遇是人所无能为力的命运的戏弄，或如剧中多次提到的神秘的星辰的作用——一种超自然的力量。随着历史的向前发展，现代人已经懂得了，人的性格是一个极其复杂的东西，是一个无底的黑洞。所以与其说人的命运由那遥远的星辰决定，不如说主要是由那看不见底的黑洞深处的东西来决定的。莎士比亚的不朽就在于，他在几百年前就已凭着天赋的敏感、艺术家的直觉，将对于性格的探索的方向指向了人的内部。

一个人性格中的恶，总要有一定的机遇，才会以其可怕的、残暴的面貌全面展开，善也是同样。而在表面，每个人都为社会、家庭，以及舆论这些表面的东西所掩盖，很少露出"庐山真面目"。李尔王便是这样一个人。这位为人民所拥戴的国王，性格上有着致命的缺陷。虽然剧中没有对他过去的生活加以描述，读者只要从他对小女儿科迪利亚的处置这一件事，就可以推断出他从前是一个"顺我者昌，逆我者亡"的国王。这个国王，他像火一样热，又像冰一样冷；他既慈爱，

又残酷。也许在年轻的时候，当理智还是如日中天之时，他还能够听信良言，对自己的恶习稍加约束；但到了老年，思维已经迟钝，自制力大大减弱，这时原始的欲望便如同泛滥的洪水一般淹没了理智，昏聩衰老的躯体只能随波逐流。李尔王退休前分配土地给三个女儿这一场，是他身上邪恶的总爆发，在那个时刻，他那昏花的老眼再也分不清黑白，体内的魔鬼怂恿他做下最最荒谬的事，这时命运对他的复仇就开始了。

可以说一切都是早有酝酿，人没有理由抱怨。李尔王的命运是他性格中的两种成分搏斗的结果，放弃理性的防守往往遭到凶残的惩罚，大自然的规律其实是人性内部的规律。一般来说，人是难以认识到这些规律的，所以才有"星辰"一说，那种事后的觉悟往往要付出惨重的代价。李尔王的遭遇，便是惨痛的，直至最终付出生命的认识过程。人在青年时代忽略了的东西，要由老年来加倍地承受其后果，这种极限的承受甚至导致了他的发疯。李尔王由于自身的局限，直到最后也没能完全认清自己身上的罪恶，作者将他那失败的努力呈现给世人，其警醒的意义当然不在外部。纵观整个过程可以看出，是李尔王内心的人性良知使得他的煎熬变得如此可怕的，那就如地狱烈火的烤炙，越来越窒息，越来越绝望，除了死不会有任何解脱。从这个意义上也可以说李尔王自己杀死了自己。心的两个部分相煎太急，终于导致了破碎。李尔王只是一个普通人，当然不可能有清醒的自我意识；像所有的俗众一样，他在黑暗中的荒原上爬来爬去，让闪电与惊雷鞭挞他的灵魂，徒劳地用对心的拷问来找出世俗的答案。他的努力以失败告终，美被毁灭，意义消失，塑造这个生动形象的作者却获得了最高的成功。

煎熬着李尔王的是两股毁灭性的情绪——对两个大女儿的恨和对小女儿的内疚，这两股情绪都是绝对没有出路的。他不可能向大女儿们复仇，因为他是自作自受，只好在心里给予她们最恶毒的诅咒，这种诅咒反而只能伤着他自己；他也无法启齿请求小女儿的原谅，他自己翻脸不认人，冷酷地剥夺和羞辱了那么爱他的小女儿，使他一想到这事就恨不得立刻死去。当一个人肆无忌惮地践踏了自己的灵魂之后，灵魂的复仇就会格外疯狂。缺乏自我意识的李尔王要为自己的情绪找出路，他只能一遍又一遍地诅咒两个心灵丑陋的大女儿，他甚至诅咒上天对他不公。然而即便这样做了，狂暴的心还是得不到丝毫的安宁。为什么呢？只因不安的根源在他自己身上，他只有消除了无穷无尽的后悔和深而又深的内疚才能平静下来，要做到这一点，只有死。他不知道，也不可能知道了，这可怜的人已走到了坟墓的边缘。

李尔王的三个女儿正是李尔王自己的镜子。三位公主都继承了他的血脉，并将他性格中对立的两个部分发挥到极致。如常识告诉我们的那样，"恶"的遗传总是更容易走极端，更容易在变异中结出不可理喻的果子。这两个大女儿，两个"违反天性的妖妇""毒蛇"，她们到底是不是可怜的老王的女儿？或如李尔所说："究竟大自然里有什么原因，能造成这样硬的心？"[2]果真如剧中人所相信的那样，一切都是星辰的意志吗？请看李尔于半无意识中说下的这些话吧：

▶ 可是你是我的血肉，我的女儿；或者还不如
  说是我身上的一个恶瘤，我不能不承认是我
  的；你是我的腐败的血液里的一个瘀块，一
  个红肿的毒疮。[3]

将这两位公主的冷酷无情同李尔王对待小女儿的态度对照一下，就明白了什么是"一脉相承"。当然，这两位又将李尔王身上的那种东西大大地发展了（王宫本来就是孕育邪恶的温床），以致老王一见之下无法认出属于自己体内的东西，就像见了魔鬼一样意外。这种女儿

内心昏黑一团，只有原始的本能在起作用，支配她们的全部行动，所以不但同人合伙弄死了老父和妹妹，她们还自相残杀。在她们身上，作者将人的兽欲以可怕的图像描绘出来，而老王的虚荣和冷酷就是这种禽兽之行的起源。

李尔王的小女儿则是他身上的美德的化身。她爱心强烈，头脑清晰，性格正直。想必李尔王在青年时代性格中的这一面也是十分突出的，因此他才会受到人民和下属的拥戴。可是就由于科迪利亚的正直，她遭到了老王冷酷的唾弃，命运的玩笑开得十分大，从此她与最爱她的老王分离在两个世界。她的消失却在李尔王心上留下了创痛，只不过当时他不知道，随着时间的推移，真相的渐渐展露，那伤口才开始流血。被李尔王所镇压下去的内心深处的理性，到头来成了他发疯的原因。如果科迪利亚不是那么可爱和善良，如果她多一份私心，少一份对父亲的爱，李尔王恐怕也不至于发疯。通过这位小女儿的品性，我们可以领悟到李尔王性格中两个部分的争斗有多么激烈和尖锐，那是一场要命的战争，如果要留下性命，就只有让头脑发疯。科迪利亚最终也没能逃脱命运的铁蹄，美的毁灭是情感逻辑的必然，复仇往往是彻底的，不以人的意志为转移。这样一种可怕的凄惨所揭露的，不过是那个为世俗所遮掩的，每时每刻有类似事件发生的黑洞深处的真相。只有老于世故而又保持着真正童心的诗人，才具有那种透视本质的眼光。

经历了情感的惊涛骇浪的李尔王，面对着囚笼反而心存欣喜，因为他误认为从此可以同心爱的人被关在一起了。

▶ 我们两人将要像笼中之鸟一般唱唱歌儿。当
　你求我为你祝福的时候，我要跪下来，求你
　饶恕；我们将要这样生活、祷告、唱歌、说

些古老的故事，嘲笑那些金翅的蝴蝶，听那些可怜的囚徒们谈论宫廷里的消息；我们也要和他们一起谈话，谁失败，谁胜利，谁在朝，谁在野，用我们的意见解释各种事情的秘密，就像我们是上帝的耳目一样……(4)

似乎是，李尔王已打算彻底超脱了，他认识到一切灾难都来自于世俗的欲望，那欲望使他家破人亡，失掉了一切。不久事实就证明李尔王的打算落空了。灭亡的结局是最合理的，罪恶的种子结出了罪恶的果实。他不但无法摆脱，阴谋之网还将他缠得越来越紧，直到窒息了他的呼吸。他死于"心碎"。

▶ 不要烦扰他的灵魂。啊！让他安然死去吧，
他恨那想要使他在这无情尘世的刑架上多抽
拉一时的人。
▶ 他居然忍受了这么久的时候，真是一件奇
事……(5)

心为什么会碎？那是因为我们对它缺少关注，因为我们一味地践踏它，伤害它，根本不给它缓解；我们太自负了，以为这种忽略和无意识的谋害无关紧要，我们有更重要的"事业"等待着我们去完成；我们在世俗中任凭兽欲一意孤行，彻底摆脱理性，让心在野蛮的撕裂中哀哭，直到心被撕成两半……

剧情中的另一条线索是葛罗斯特伯爵和他的两个儿子。他们之间的关系是李尔王家族悲剧的变体。葛罗斯特是一名正直的、富于同情心的贵族，他的弱点是轻信和放纵自己，这种放纵到了丧失理性的程

度，具体体现在他和他的私生子埃德蒙的关系上。伯爵对埃德蒙一味溺爱，不论他说什么，他都不加分析地相信他。其实，伯爵放纵这位小儿子也就是放纵自己，他不愿自己的激情受到干扰，他把这位掌上明珠看作自己青年时代的化身，沉浸在自恋的情绪中不能自拔。这就给邪恶的生长提供了温床。埃德蒙这个形象可说是邪恶的化身，其性格的可怕大大超过了国王的大女儿，因为他更具有主动性和进攻性，而且狡猾多端，是个不把任何人放在眼里的冷血动物。他活着的信条就是靠谋害别人来开辟自己的前途，哪怕这个别人是那么爱他的父亲和可以为他去死的情人，他也绝不心软。可以设想，这样一种畸形的性格是如何样通过多年的娇纵、没有任何准则的溺爱而培养出来的。他就像是伯爵用毒液浇灌的一棵苗，葛罗斯特从未将他当作一个独立的人来培养。也可说伯爵把他当作自己体内的一部分，一个受到他最大偏爱的毒瘤。所以他也从来蔑视任何做人的准则。埃德蒙既骄横到极点又自卑到极点，他的当务之急是马上改变自己的地位，彻底消除自己血统上的污点，把权力拿到手中。

　　长大起来的埃德蒙虽然被父亲倾注了最多的爱心，性格上却似乎一点都不像他的父亲（肯定也不像那位没出场的热情奔放的母亲）。这是一个"环境造就性格"的典型例子。所谓环境，主要是父亲对他的培养，还有周围的世态炎凉。首先他一点都不像父亲那样糊涂，让感情左右自己的判断；他的自我中心的性情使得他对任何人都不付出感情，因而当他策划起阴谋来时，头脑是十分清醒的。他也有狂热的时候，那不过是急于登上权力的高峰罢了，那种狂热后来使得他机关算尽，却算不了自己的性命。其次，他什么人都不相信，不管对谁都不讲真话；谁如果爱他，他就把那种爱当作实现自己野心的垫脚石，尽量践踏利用。由于自己私生子的地位，他对于人性中的恶是深有体会的，看得很清的，他直言不讳地主张要把这恶作为自己行为的动力，不断鞭策自己去获取梦寐以求的东西。他觉得自己比谁都世故。

► 你所指责我的事情，我全都做了；而且我所干
  的事更多，多得多；总有一天会全部暴露的。
► 命运的轮已经转满一圈，我落到了这个
  地方。⁽⁶⁾

    以上埃德蒙所说的话表明，他在死期快到的情况之下看出了自己所做的一切毫无意义，早知到头来难免一死，就会要选择另外的活法了。所以最后他要"做一件违反我本性的好事"也就可以理解了。

    然而埃德蒙的这种清醒和理性仍然是继承了他父亲的，（葛罗斯特除了对儿子这一件事之外，在其他事情上都是头脑清楚，有正义感，有同情心的。）只是他将这种理性做了一个反面的发挥而已。这种对照让人感叹情感世界真是千奇百怪，种下的是豆，收获的是蛇。

    葛罗斯特对自己的放纵终于结出了最可怕的果子：他被挖出双眼，赶到荒原上；他的大儿子则被他派出的人追杀，只好匿名隐姓，装成疯子在荒原流浪。这又是一个自作自受的例子。性格火热的葛罗斯特由于过于欣赏自己，忘记了自己的弱点，同样也导致了"心碎"的结局。在这个走向心碎的旅途中，伴随他的是他那装扮成疯人的大儿子埃德加。埃德加就像是伯爵的良心，他之所以始终不向父亲表明身份，为的是不要让人类软弱的情感腐蚀了他自己复仇的意志，他将这种理性的精神一直坚持到了最后。作为儿子，他对于父亲的弱点有深入骨髓的体认，正是这种体认使他的认识变得十分清晰，从而走了一条同父亲相反的路。

    读完剧本给人的印象是：人是多么软弱的动物，他对于自己的弱点又是多么的无能为力；受到天性所控制的人要不随波逐流几乎是不可能的；而每一种的放纵，都会遭到相应的惩罚。那么人还可以干什么呢？人可以做，也是唯一能做的事，就是认识，如同伟大的莎士比

亚通过这个悲剧所做的那样。世界不会因为人的认识而变得更美好，但世界很可能因为人停止对它的认识而毁灭。这里的世界，指的是人性的世界。

注：

（1）《莎士比亚全集》第六卷，朱生豪等译，译林出版社1999年版，第17页。

（2）同上，第67页。

（3）同上，第49页。

（4）同上，第99页。

（5）同上，第109页。

（6）同上，第104页。

解读《浮士德》

梅菲斯特为什么要打那两个赌?

作为否定的精灵出现在剧中的梅菲斯特，一开场就同天主打了一个赌，他决心要运用自己全部的计谋与力量，将浮士德博士的灵魂弄到手，并使这个灵魂下地狱。"无人能探测其深浅"的天主同意了他的行动。梅菲斯特进入浮士德那哥特式的充满颓废的书房，通过辩论激起浮士德的好胜心，同他打了另外一个赌。这就是假如浮士德对生活满足而停止了奋斗，他的生命就得马上结束。

一般的印象是，梅菲斯特是作为对生命的否定的角色而出现的，他同天主、同浮士德的较量是生与死、善与恶之间的较量。但这只是表面的印象。如果我们能够破除庸俗化的社会批判学的观念，将作品作为一件艺术品来久久地凝视，就会感到那种肤浅的先入之见被彻底颠覆，作品的丰富层次逐一显现。歌德在这部伟大的作品中要说的，是人性当中那个最为深邃的王国里的事。那个王国又是无边无际的，对它的探索，是一切优秀的诗人的永久的题材。

那么，梅菲斯特，这个不可捉摸的、内心曲里拐弯的角色，他为什么要同天主和浮士德打那两个赌? 真的是为了否定生命的意义，否定人类的一切徒劳的努力，为了让人的灵魂下地狱吗? 还是有不可告人的、正好相反的目的? 为什么他的一举一动都如此自相矛盾、不可理解呢? 为什么他的话语里面，有那么多的潜台词呢? 他引导、协助浮士德所创造的，轰轰烈烈的生命形态所呈现出来的东西，到底是有意义还是无意义? 他和天主，和浮士德，到底谁胜谁负?

第一次否定

在那古老的书斋里，被种种先人和自己的观念包围着，不可抗拒的颓废压倒了浮士德，绝望之中，他试图通过"魔术"（也就是艺术的体验）来重新认识生活，认识人性的根源。他认为只有这样，"我才感悟到，是什么从最内部把世界结合在一起，才观察到所有的效力和根基，而不再去搜索故纸堆。"[1]这时他便听到了来自灵界的奇妙的召唤，地灵向他揭示了他本身的力量，怂恿他打开心扉，进入艺术生存的境界，用创造来激活现存的一切，从中发现自然（灵界）的本来面貌。

但要找回生命并不是那么容易的一件事，浮士德已经在观念中度过了差不多一生，四肢已经麻木，感官总是关闭，尤其是那种出自理性的内在的否定力量，总是扑灭一切生的欲望。对于这样一位精通一切观念的博士，重新生活意味着孤注一掷，意味着同死亡晤面。被他从自己生命深处唤出的地灵，以它阴森的外貌、决绝的姿态，告诉他说："你并不像我。"那就像一声雷霆般的呵斥，打垮了浮士德的生的意志，也让他看到人类认识的限制——人只能认识他能够认识的东西，人的想象力是同地心的引力（世俗）妥协的结果。人并不像诸神，也不能像上帝那样随心所欲地创造，所以人永远达不到终极的善与美，天生的缺陷限定了人苟且的生存方式。但这个奇怪的地灵显然不是要打垮浮士德，而只是要激活他。

不服输的浮士德重又聚拢自身的意志。他知道真正的认识需要以身试法，人必须拼死去撞那地狱之门，才有可能找到通向永恒体验的通道。装毒酒的小瓶既可以给他彻底解脱（他如此厌倦这无聊的人生），又可以给他在临死前领略最高生存的希望。他没有真的死，只不过进行了一次死亡的演习。艺术的境界要求他活着来体验死。情感上经历了惊涛骇浪的浮士德，从此改变身份，开始了真正的艺术生涯。这也是地灵所希望于他的。

梅菲斯特在浮士德艺术生涯的起点出现了，一切都是那样水到渠成。他似乎是浮士德下意识里召来的，但也许是他策划了浮士德内心的这场革命？不管怎样，他马上敦促浮士德去生活，并在那之后否定这生活；但他的原意又不是真正地要浮士德否定生活，而是一种不可告人的意图，假如他要否定生活，最简单不过的办法就是当时跳出来怂恿浮士德喝下毒酒。

缺乏宗教信仰的浮士德在自杀表演中获得了新生，他模糊地意识到自己的信念在天与地之间，于是重新感到了大地的引力、生活的喜悦，他赶跑了批判的理性，决心负罪生存。当他这样做的时候，他却发现自己并不能如常人那样享受生活，两股相反的力量仍在殊死扭斗。

▶ 在我的胸中，唉，住着两个灵魂，一个想从
   另一个挣脱掉；一个在粗鄙的爱欲中以固执
   的器官附着于世界；另一个则努力超尘脱俗，
   一心攀登列祖列宗的崇高灵境。[2]

在相持不下之中，矛盾就深化了，沉到了意识的底层。深化了的矛盾以梅菲斯特的形象出现在浮士德面前，浮士德觉得他似曾相识，而又那样的陌生。他是谁？他是生命和意识的扭斗，他是浮士德的艺术自我。浮士德厌恶他的专制与粗俗，却又向往他的预见力与深邃，不知不觉地变得离不开他了。

梅菲斯特用生活的哲理鼓起了浮士德的勇气，扫除了他的颓废，并以一纸契约堵死了他的退路，让他从此踏上了丰富和发展自身灵魂的旅途，去领略奇妙的人生。这种用血签下的恐怖的契约，这种不顾一切的生存，就是艺术家自身的写照。表面嘲弄、否定一切，暗地里

则无时无刻不用感觉，用原始冲动来激发浮士德的梅菲斯特，同浮士德开始了这种如鱼得水的合作。

　　浮士德的第一次生的尝试，便是在梅菲斯特的帮助下返老还童之后同玛加蕾特的恋爱。这是一次火一般热烈的、结局悲惨的恋爱。梅菲斯特这个先知在整个事件中的态度十分暧昧。似乎是，他从头到尾都在对浮士德的热情冷嘲热讽，并不失时机地指出浮士德的"恶"的本性，给人的印象是他将这场恋爱看得一钱不值。而在同时，他又生怕浮士德不将这场恋爱进行到底，从此退回到他的观念中去：

▶ 可怜的凡夫俗子，你没有我，怎么过你的日
　　子？这么些时，是我把你的胡思乱想医治；
　　要不是我，怕你早已从地球上消失。[3]

▶ 谁勇敢坚持，谁就永生！[4]

　　以上的自白已阐明了他的原意，即，他要求浮士德在绝对否定的反省中冲撞，用灵魂深处的"恶"和非理性开辟自己的活路。冲撞一刻不能停，反省也同样一刻不能放松。浮士德凭本能行动，一举一动都符合了梅菲斯特的预谋，他的悲剧性的结局呈现出人类永生的希望。恋爱的结局在老谋深算的梅菲斯特心中早就是清楚的，他感兴趣的是过程。他，作为浮士德心灵深处的精灵，要看看自己的肉体究竟有多大的张力，是否能将这场世俗的爱发挥到极限，是否能真正配得上"神之子"这个称号。

　　纯真的玛加蕾特被审判了，接着又被拯救了。浮士德也被自己审判了。他能否得救？这个问题要由他自己来回答，更要由他的艺术自我，那反复无常、难以揣摩的梅菲斯特来回答。

第二次否定

被生命的否定打倒在地的浮士德,以他那百折不挠的弹性重又苏醒过来,听到了太阳——这个最高理性的召唤。但太阳的光焰过于严厉,浮士德决心背对他在自欺中继续向最高的生存攀登。当他面向大地时,阳光就转化成了彩虹,不但不妨碍,反而激励他进行新的追求。

而引领浮士德向前发展的梅菲斯特,现在要干什么呢?他们已经领略过世俗的风暴了,现在他们要一道向地底——这更深层次的生存进军。他已经看出,浮士德具有亡命之徒的勇气和无与伦比的韧性,这正是下地狱所需要的气质。

梅菲斯特(简称"梅",后同)在皇帝的行宫里展示了世俗欲望的虚幻性之后,获得了认识的浮士德没有打退堂鼓,跃跃欲试地要立即开始第二轮的生存。他要运用自身原始的冲力——梅给他的钥匙——进入那"无人去过""无法可去""通向无人求去之境"的地底,去寻找万物之源的"母亲"。梅还告诉浮士德,他的钥匙并不是妖术,人只要在旅途中排除一切依傍,成为真正独立的孤家寡人,就会到达那个"永远空虚的地方"。在那个地方,人什么也看不见,也听不到自己的脚步,找不到可以歇息的坚实地点。就是在这个既像天堂又像地狱的地方,令人毛骨悚然(因为她们身上的死亡气息)、只有形式缺乏实体的最高精神——母亲们——在黑暗中飘浮。

浮士德经历了梅菲斯特为他安排的地底的精神洗礼之后,就同纯美与肉欲的化身——海伦会面了。对于浮士德来说,这是一次更为辉煌而又合他心意的结合。海伦不同于玛加蕾特,她是成熟的、智慧的女人,淫荡无比而又充满了进取精神。她受到装扮成女管家的梅菲斯特的挑逗,很快就明白了自己所需要的是什么,毫不犹豫地投入浮士德的怀抱。

▶ 但不管怎么说，我愿意跟着你去城堡；再怎
么办，我胸有成竹；只是王后这时藏在内心
深处的隐秘心曲，任何人也猜不透——老太
婆，前面带路！——海伦[5]

在那"异想天开"的中世纪城堡里，具有这样个性的两个人相遇
之后，当然是干柴烈火，把一切观念烧了个精光：

▶ 我觉得自己远在天边，又近在咫尺，只想
说：我到了，总算到了！——海伦[6]

▶ 我浑身战抖，噤若寒蝉，简直喘不过气；只
怕是一场梦……——浮士德[7]

这两个旗鼓相当的叛逆者，什么都看不见，什么都听不见了。但
梅菲斯特不放过浮士德，他在他耳边像不祥的老鸹一样聒噪，将理性
的忠告传达给他：

▶ ……毁灭的下场已经不远。墨涅拉斯率领大
军，已向你们节节逼近。[8]

梅菲斯特在等待那个毁灭的结局，因为他知道这是自然的规律。
人可以在爱的瞬间将一切超脱，但人终究是大地之子，一切羁绊依然
如旧：海伦是一个"欠下风流债"的荡妇，被她丈夫追杀；浮士德自己，
也不过是个轻佻的花花公子。这就是他们的世俗现状，而爱情，不过
是暂时的空中楼阁。但谁能因此就说爱情不存在？梅菲斯特所真正等
待的，显然不是这个短命的爱情的毁灭，而是它确实存在过的证实。

于是，他甚至让这场惊天动地的爱孕育了一个具有世俗特点的虚幻的孩子——欧福里翁。

欧福里翁是人的肉体同虚幻相结合而诞生的孩子——艺术的灵感。他继承了父母身上的二重性格。当他在永恒的旋律中竭尽全力朝"美的大师"的高度跳跃时，危险就临近他了，因为他仍然属于世俗的大地。他是独立自由的精灵，他又是这可诅咒的大地产生的天堂之音；他的目标是认识死亡，他的方式是以身试法。他终于跃入空中，不久又悲惨地坠落在地，完成了他的宿命。终极之美是那永远抓不住的虚幻之物，但欧福里翁的体验已达到极致。

▶ 谁能如愿以偿？——此问伤心难言，
命运不得不装聋作哑。
…………
但请唱起新的歌曲，
别再垂首而沮丧：
因为大地还会把他们生出，
正如它历来所生一样。[9]

接着，灵感的母体——海伦也相继消失。连梅菲斯特也为自己的伟大创造震惊了，但他仍在冷静地分析。他拾起欧福里翁蜕落的遗物（生命的痕迹）说道："火焰诚然已经消隐，可我不为世界惋惜。"产生过如此美丽的诗篇的大地，我们当然用不着为它惋惜。不仅如此，人还要守住世俗——这一切诗性精神的诞生之地。

▶ ……虽然保不住本性，
这点我们感到，我们知道，
可我们绝不回阴曹地府去！[10]

梅菲斯特在此将真实的人生导演给浮士德看，以启发他：懂得世俗生活的妙处，迷恋它的粗俗的人，才可能成为诗人；只有一次又一次地行动，一次又一次地失去，才会同美的境界靠近。经历了这一次更深层次的生存，浮士德进一步升华了自己的精神，他虽再不能与海伦和欧福里翁团聚，但这两个人已进入了他体内，从此他再也不会颓废了。

整个过程中，梅菲斯特以他特有的古典的严谨导演着这场狂放的爱情悲剧。他首先让浮士德进入深层的地底，从那里吸取精神的力量；然后让他与海伦不顾一切地恋爱，并生下欧福里翁；最后让他失去爱人和儿子，落得一场空。梅菲斯特又一次用否定的方式，展示了生命的热烈与凄美。被如此的经历充实了灵魂的浮士德，不久将再次新生，创造老年的奇迹。

第三次否定

经历了不断失败的浮士德反而更加雄心勃勃了，他要活着来建成自己的精神王国，也就是说自己成为上帝；他要让自己的理性操纵一切，合理地达到最高的生存。只有梅菲斯特知道他的这种理想意味什么。梅菲斯特怂恿他一步步去实现这个理念，并在每一阶段向他揭示生命过程的肮脏，及他对理念的可笑的误解。总之，他将浮士德的每一次英勇举动都转化为滑稽的自嘲，沉痛的反思，寸步难行又非行不可的无奈。梅菲斯特的这一次否定是一次总结性的否定，为的是让浮士德在这种充满矛盾张力的艺术境界中最后一次完成生存模式，体验永生的极乐与悲哀。浮士德在梅的帮助下一步步体会到了人性的本质究竟是什么，也明白了：求索＝进入噩梦。人再也不能回到他的本原，因为退路已没有了。

尽管如此，浮士德仍在向前挺进——他只能向前。他的眼睛瞎掉了，感觉部分关闭，但他可以活在内心。他像上帝一样努力用意念构思出丰功伟绩。世俗的干扰再也压不倒他，他的活力超越了时空。他仍旧用残余的感官与世俗进行着曲折的交流，从幻想的世俗中获取力量，终于做到了让两界接壤，自己在生死之间自由来往。

人只要还活着，精神王国就不可能最后建成。所以已拥有广大疆土的浮士德，成日里在忧虑与困惑中度日，因为那残余的世俗（住在海边的信教的老年夫妇）不肯退出他的视线。梅菲斯特用他干脆又残忍的扫除障碍的行动告诉浮士德：世俗是消灭不了的，它本身是精神王国构成的材料；只有当精神本身也消失之时，世俗才会隐退。所以虽然毁灭了小屋和老人，那痛始终留在浮士德心头。浮士德做不了超人，只好日日在痛苦中继续幻想，把幻想变成他的生活。

埋葬的时刻终于到来了，也就是说死到临头了。浮士德可以做什么？他可以加紧幻想——体验那最为浓缩的生存。他的王国就要建成，只差最后一条排水沟。他听见为他挖坟的工人挖出的响声，就把这响声当作了令人鼓舞的动力（典型的艺术生存方式）。

▶ 只有每天重新争取自由和生存的人，才配有
  享受二者的权利！ (11)

他在临终前终于成为了上帝——当然只是在艺术幻想的意义上。梅菲斯特悲喜交加地说道：

▶ 任何喜悦、任何幸运都不能使他满足，他把
  变幻无常的形象一味追求；这最后的、糟糕
  的、空虚的瞬间，可怜人也想把它抓到手。
  他如此顽强地同我对抗，时间变成了主人，
  老人倒在这里沙滩上。 (12)

也就是说，他并没有赢这个赌。

浮士德的肉体死去了，深谙灵与肉之间的关系、内心深处相信精神不死的梅菲斯特，表演了一场阻止灵魂升天的反讽滑稽戏。他指出灵魂以下贱的肚脐为家，并生有"熠熠生辉"的翅膀。他预言道："既是天才，它就总想远走高攀。"[13]天使们及时地赶来了，他们来抢浮士德的灵魂。梅菲斯特用自嘲的口气向天使们抗争，实际上道出了两极相通的奥秘：

▶ 我竟然欢喜看他们，那些十分可爱的少年；
　　是什么东西把我阻拦，骂骂咧咧我可再不
　　敢？——如果我让自己疯疯癫癫，试问今后
　　有谁称得上痴汉？[14]

他左右为难。他知道灵魂的最后归属是天堂——那纯净的虚无，任何抗争终归都是徒劳；但是他又妄图将灵魂留在地狱，使其同生命统一。他的抗争就是浮士德的抗争的继续。虚无——这个人的本质的归宿获胜了，梅菲斯特的幽默生存也达到了极致：

▶ 这么一大把年纪你还受骗，也是自作自受，
　　你的处境才惨今今！我倒行逆施真够呛……
　　老于世故的精明人竟做出了这种幼稚疯狂的
　　勾当，看来最终把他控制住的那股傻劲儿并
　　非小事一桩。[15]

这一番对自己的数落就是精彩的披露。多少代艺术家的自讨苦吃的"傻劲儿"成就了永生的作品！最能"倒行逆施"、集"老于世故"

和"幼稚疯狂"于一身的梅菲斯特，和浮士德一道成就的伟业，正是贤明的天主所盼望看到的东西，而天主本身，不就是艺术家身上那非凡的理性吗？

重新回到作为标题的这个问题：梅菲斯特为什么要打那两个赌？一切都清楚了，那是作者本人要向人类展示艺术家毕生的追求，是他要将生命的狂喜和悲哀、壮美和凄惨、挣扎和解脱、毁灭和新生，以赞美与嘲讽、肯定与否定交织的奇妙形式，在人间的大舞台上一一演出。诗人的内心充满了深深的沉痛，因为他清晰地感到这苦短的人生的每一瞬间，都是向着那永恒的虚无狂奔；而人要绝对遵循理性来成就事业是多么不可能。在沉痛与颓废的对面，便是那魔鬼附体的逆反精神，它引领诗人向"无人去过""无法可去""通向无人之境"的地方冲刺。每一刻都面对死神的艺术家，决心要做的——也就是歌德让梅菲斯特打赌的目的——是不断地向读者揭示生命那一层又一层的、无底的谜底。

注：

（1）《歌德文集》第一卷，绿原译，人民文学出版社 1999 年版，第 15 页。
（2）同上，第 34 页。
（3）同上，第 101 页。
（4）同上，第 103 页。
（5）同上，第 347 页。
（6）同上，第 360 页。
（7）同上，第 360 页。
（8）同上，第 360 页。
（9）同上，第 382 页。
（10）同上，第 383 页。
（11）同上，第 434 页。
（12）同上，第 436 页。
（13）同上，第 436 页。
（14）同上，第 439 页。
（15）同上，第 441 页。

演出前的内心斗争

"舞台序幕"谈论的既是艺术家内心的困惑、斗争，也是艺术家与观众的关系，作品与作者、作品与读者的关系。由诗人内心的情绪一分为三的这三个人，他们之间的对话充满了激情和对于生命的精深的理解。

当一件作品问世之际，它就面临着观众的检验，这是艺术品得以成立、得以最后完成的前提，也是精神与世俗进行交合的痛苦程序。心高气傲、无比脆弱，同时又来自世俗、粗俗而强韧的艺术家，让自己身上的这两股完全对立的情绪进行辩论，其间又插入一个丑角，以其幽默的评判促使诗人提高对艺术本质的认识。

剧场经理一出场就谈到了观众的真实状况。人人都来自世俗，满脑子全是世俗的观念，他们能否理解这超凡脱俗的艺术呢？对于这些人来说，是什么东西将他们吸引到票房门口来的呢？看看这些人的表现，他们显然同艺术风马牛不相及。脆弱的、神经质的剧本作者更是沮丧不已。他说："看一眼他们就会让我丧魂失魄。"他想到自己创作中的那种境界，越发觉得自己要排除所有的观众，甚至就连自己也要排除。俗众当然配不上诗的境界；至于自己，他要表达的东西即使在创作的瞬间也是种苟合：

▶ 唉，从我们内心深处发源的诗意，从我们嘴
里怯生生念出的台词，有时念不到点子上，
有时也许可以凑凑趣，都将为放荡瞬间的暴
力所吞噬。[1]

无法用语言来表达的意境，只好用世俗的语言来凑合，或寄希望于时间的琢磨，将流传后世作为目标。小丑立刻对诗人的自命清高加以嘲弄，他指出诗人谈论"后世"的迂腐，并分析道：诗的境界只能在世俗的激情中去接近，否则便是虚妄；人只能以幽默的态度来看待作品的两面性。接下去充满了理智的经理又向诗人指出，一定要抓住一切可能性与观众发生交流；与观众也与自身的世俗性妥协是艺术的唯一出路，只有这样作品才能存在下去。他们两人的说教弄得作者既痛苦又愤怒，他用自己心中的崇高境界来反驳他们：

▶ 他用什么打动所有人的心？他用什么把每一
　　种元素调遣？可不就是从胸中涌出来，又将
　　世界摄回到自己心中的那种和声？[2]

　　小丑听了他的申辩就鼓励他"深入到丰满的人生中去"，因为正是他所厌恶的人生中隐藏着那种"和声"，他所鄙视的观众的灵魂的结构同他并无不同，只要他不放弃同人的沟通，苍白孤傲的艺术就会被注满色彩和激情，这才是他那伟大的艺术得以立足和完成的唯一途径。不要害怕生命的肮脏与丑陋，也不要害怕世俗的粗鄙，美就是从它们当中诞生的。小丑还劝作者不要为自己的老年而自卑和懊悔，艺术的魅力并不在于青春：

▶ 勇敢而优雅地弹奏着熟悉的弦乐，向着一个
　　自选的目标东弯西拐地信步漫游，老先生，
　　这才是您的义务……[3]

　　经理紧接着要大家抓紧机会，将艺术表演付诸实施，也就是启动

与观众的交流，让停留在心中的艺术想象变成真正的艺术。

作者——诗性精神

经理——理性

丑角——幽默

注：

（1）《歌德文集》第一卷，绿原译，人民文学出版社 1999 年版，第 3—4 页。

（2） 同上，第 5 页。

（3） 同上，第 6 页。

宗教和艺术的境界

▶ 那无所不包者，无所不养者，不正是包含着
又养活着你、我、他？天空不正是形成穹隆
于上，大地不正是坚固地静卧于下？永恒的
星辰不正是亲切回顾地升到天上？我不正是
眼睛对眼睛地凝望着你，万物不正是拥向了
你的头脑和心，并在永恒的秘密中或隐或显
地活动于你身旁？用这一切充满你的心吧，
尽管它是那么庞大，如果你完全陶醉于这种
感情，你愿意怎么叫，就怎么叫它。管它叫
幸福！叫心！叫爱！叫上帝！ (1)

以上这段话是浮士德被虔诚纯洁的玛加蕾特追问他对宗教的态度
时说的。虽然浮士德终生讨厌教士，但他对基督教的态度是十分矛盾
的，他并不反对宗教精神，不如说他本人就浸透了宗教的情怀，他的
追求也不时与宗教的追求交叉，但是他身上那强大的冲动却常常免不
了亵渎宗教。

整个浮士德与玛加蕾特的爱情过程都体现了浮士德这种矛盾的态
度。最初，浮士德与玛加蕾特一见钟情，她身上吸引他的是青春的艳
丽，生命的洋溢，性感的魅力。接着，当他同梅菲斯特潜入她的小房
间时，那种朴素的宗教氛围又深深地打动了他，这种氛围使他不由得
要抑制自己邪恶的肉欲，并自觉有罪。然而终究肉欲是没法抑制下去
的，浮士德只好犯罪了。玛加蕾特对宗教的虔诚在情窦初开的浮士德

眼中不是削弱，而是增加了她的美，这是因为浮士德自己的血液里也流淌着这种虔诚，只不过他要用另外的方式表现出来而已——一种亵渎的崇敬，一种背叛似的皈依。浮士德爱玛加蕾特，爱她的纯真、温柔、热情、生动和专一，他的爱使玛加蕾特陷入致命的矛盾。玛加蕾特则是爱浮士德年轻与英俊，热烈与潇洒，实际上暗地里，她还爱他大胆吐露真情的方式。她对宗教的虔诚并不因这爱而减弱，反而是越爱得深，信仰起的作用就越大，到了爱的最后阶段，她就用年轻的生命的牺牲来完成了自己的信仰，牺牲使高贵的灵魂得救了。她的结局是非常符合真正的虔诚信徒的模式的，最后她没有接受浮士德的要求跟他逃出监狱，是因为他们两人的道路分岔了，她坚持用牺牲自己的生命来赎罪，她一点都不想再活，一心向往的就是马上死去。浮士德也早就隐约地预感到了这种结局，也许这就是她深深吸引他的地方？玛加蕾特的矛盾在青春的活力与宗教感的压制之间愈演愈烈，导致牺牲的惨剧；浮士德对玛加蕾特的追求则在更为复杂的模式中展开，他被玛加蕾特天使般的性情迷住，他也努力使他和她的爱达到纯粹的境界，他甚至可以为爱人做一切，但他绝不赞成肉体的牺牲，因为蔑视肉体违反人的本性。可以说他们俩都按自己的信念将这一场轰轰烈烈的爱承担到了最后，尽管各自的道路不同，境界却很一致，所以两人最后才会在天上会合。玛加蕾特对自己的谴责出自宗教信仰，浮士德对自己的谴责则出自自我意识，二者都是同样的深刻，但浮士德的观念显然更为包容、广阔、合乎人性，因为它强调的不是肉体的牺牲，而是对这肉体的不断认识，不断发掘内在的能量，最后达到精神上的升华。

这样一种不顾一切的初恋，可说是两个旗鼓相当的生命个体的结合，两人的底蕴极其类似，精神的高度也相同。只是相比之下，宗教对人性的态度上就显出了局限，这就难怪浮士德对宗教又恨又爱了。从一开始，玛加蕾特选择浮士德就是选择了死，他身上的陌生的异教的气味，他们之间身份的悬殊都使她这样认为，她并无非分之想，而是清醒地向着那个未知的世界坠落，从不曾犹疑与后退，她这种决绝的态度既令浮士德震惊又令他感动。最后她的痛苦也丝毫不是为自己，而是全部为了她在无意识中所伤害的人，她天生是爱的化身，不懂得恨。并且她的爱比浮士德还要深，那是她的全部生命。恋爱一降临，她就凭直觉感到了危险，看见了死神，于是不由自主地唱起了儿时那首关于爱情与死亡的民歌，陷入迷惘的悲伤。也就是说，她已经打算承担一切恶果了。这种为爱献身的精神，其实也是充满了宗教情怀的。所以在追求中，她显得充满了痛苦和惶惑，寻欢作乐的成分很少，因为每一步都是向着死亡靠近，每一步都是青春的热情与冰冷的信条的较量。当然玛加蕾特的追求仍然完全是基督徒的方式，她的灵魂的升天也是理所当然的事了。

玛加蕾特对梅菲斯特的憎厌实际上是她对浮士德身上那种异教徒似的活力的害怕，她隐隐地感到这种排除宗教忏悔的、亵渎的活力将要摧毁一切，她希望自己的爱人远离这个魔鬼似的人物，以延续毁灭到来的日子。

▶ 只要他一走近我们，我甚至觉得，我连你也
   不再爱了。他来了，我连祷告都不能够，这
   就使我心焦如焚……(2)

表面玩世不恭、冷嘲热讽的梅菲斯特因为自身那显露的欲望令玛加蕾特恐惧，把他看作真正的恶人。实际上，梅菲斯特只是要用行动向浮士德揭示出，他们这一对情人卷入的矛盾有多深，宗教同艺术之间的关系又到底是怎么回事。简言之，他就是要让两种完全不同的生存发挥到底。所以他既鼓励浮士德自欺又揭穿他的自欺，或者说，他鼓励浮士德做自觉的自欺，鼓励他尝试生命的张力，不断认识这生

命，用奇异的方式驾驭这生命，他认为这是浮士德毕生的义务。他促使浮士德听从本能去犯罪，他又不失时机地使浮士德清清楚楚地看到他对玛加蕾特犯下的罪是多么深重，并使他懂得，像他这样一个恶贯满盈之徒，还必须通过不懈的努力（而不是死亡）来使自己像玛加蕾特一样得救。这就显示出艺术同宗教两种完全不同的信仰的殊途同归。每当浮士德出于习惯要美化自己的感情时，梅就戳穿他的虚伪；每当他因为自责而有所犹疑时，梅又逼迫他奋勇向前。正是由于梅给浮士德指出的路是这样一条蔑视陈规与道德的、没有后路只能马不停蹄往前赶的亡命之路，玛加蕾特才会对他如此害怕，从第一眼她就看出这个人要把一切都破坏、毁掉，他是现有秩序的仇敌。然而一切都只是表演，梅菲斯特并不恨人类，他只是要表演出人心深处的真实愿望——用这种将高贵的爱情毁灭给人们自己看的方式；他只是要表演出艺术的生存一点也不低于宗教的生存，反而同人性更吻合。

▶ 浮士德：你得活下去！

玛加蕾特：我听凭上帝裁判！

梅菲斯特：（对浮士德）走吧！走吧！否则我扔下你跟她在一起。

玛加蕾特：我是你的，天父，拯救我吧！你们天使，你们神圣大军，请在四周驻扎下来，保护我吧！海因利希！见到你我就心惊胆战！[3]

于是就出现了两种审判和两种拯救：一种是被动的、驯服的，以献出肉体为代价；另一种则要靠肉体和灵魂主动的挣扎去获取。被良心审判的浮士德再也不能停止求生的挣扎，他的得救不在于后悔往事、停滞不前，而在于不断犯下新罪，又不断认识罪行，往纵深又往宽广去开辟自己的路，直至生命的终结。这种拯救比基督徒的得救更难做到，因为每走一步都需要发动内力去做那前所未有的创造，而现世的生活又永远是在走钢丝，松懈就意味灭亡。

谁能判断浮士德心中的创伤有多深？谁又能判断这遍体鳞伤的躯体的活力有多大？只有梅菲斯特心中有数。当玛加蕾特的灵魂升天时，梅菲斯特坚定地对浮士德说："到我这儿来！"他们不想牺牲自己的肉体，他们还有很长一段路要走。结局相同，过程全异。

注：

（1）《歌德文集》第一卷，绿原译，人民文学出版社1999年版，第107—108页。
（2）同上，第109页。
（3）同上，第149页。

反省的意境

　　第一部中的"瓦尔普吉斯之夜"说的是浮士德杀人之后，梅菲斯特带领他逃到山区，在山上的迷宫里发生的事。两人的这次奇怪的经历是一次向人性核心部分的探索，也是一次高层次的反省。人的反省是一件很微妙的事，它并不是凭借表层的理性就可以做到的，它需要那种向内突进的剖析，也就是创造。只有创造可以将人带到深层的意识，使真正的人性反省成为可能。当暴力遵循本能发生过了之后，浮士德一定是心乱如麻，这个时候只有梅菲斯特知道他需要什么，所以梅就将他带往内心的迷宫。那个乱糟糟的、原始欲望涌动的地方其实是有某种看不见的东西在其间统治的，只有超级的慧眼能分辨出其中的奥妙。

　　当他俩到达这个人性之故乡时，四周一片黑暗，梅菲斯特唤来直觉与灵感的象征的磷火，要它帮助照亮前进的路。当这朵磷火到达跟前时，他们发现它也像人类一样弯弯曲曲地浮动，难以捉摸。于是梅菲斯特、浮士德和磷火开始了三位一体的探索之歌：

▶ **看来我们已走进**
梦境和魔乡……[1]

　　他们去寻找爱——"有如古代的回声"之物。接下去他们看到了原始的恐怖的风景，和不断自行增殖的鬼火。最后，他们目睹了地狱中欲望喷发的壮丽场景，在那种压倒一切的爆发面前，人显得是那样的渺小和无能为力，而埋藏在山里的玛门（欲望之对象化）将这地狱的宫殿照得金碧辉煌。被暴乱驱赶的他俩接下去又遇见了女巫们和其他精灵，这些精灵全都是从伊尔森斯坦（即绝境）而来，都在路上见过了死神（猫头鹰）。他们一窝蜂地挤着推着，在暗夜里奔赴目的地。目的地是什么呢？

▶ 谁今天不能飞升，
　　就注定永远沉沦。⁽²⁾

　　原来精灵们全都在做致命的冲刺，他们要从地狱向上飞升！是的，他们最终要飞到虚无的所在去，只是他们现在不知道。这时浮士德发现他和梅菲斯特已来到了魔鬼之山布罗肯，他忽然明白了梅要他远离世俗的用心。在布罗肯山上，欲望的世界沸腾着，火光烟雾的旋涡里，人群正向恶魔涌去，浮士德为之吸引，但梅菲斯特要他进行另外一种观察，也就是安静地停下来，跟他一道去深入生命的结构，发现生命中的意识，和这意识所起的作用。在这只能向前没有退路的布罗肯山——一个无限的空间，梅菲斯特如同回到了家，他很高兴自己作为魔鬼出面，因为这一身份在此不胜光荣。于是两人在喧嚣声中来到了火堆旁，听到了坐在那里的将军、大臣、新贵和作家对于时势的发言。这四个人是欲望世界里的理性，既愤世嫉俗又无可奈何，他们诉说着世风日下，以及理性对于欲望的被动地位。梅菲斯特受到感染，也变得老态龙钟。大家都沉浸在伤感之中，因为这世界确实不尽如人意：无论是冲动还是理性，都不能尽兴发挥，二者之间的制约使得人生之酒已干涸，生活总是枯燥无味。此时又有卖旧货的女巫进来强调这种看法，她说她的旧货全是过去的好日子里那种热血生存的见证，那种日子已一去不复返了。梅菲斯特马上打断她，说只有新货才能吸引人（他指的是创造）。接着梅菲斯特和浮士德同女巫们跳起舞来，相互间用言语露骨地进行性挑逗。正在兴头上，一名尾脊幻视者插进来进行干涉，这名尾脊幻视者正是深层意识的象征。

▶ 你们怎么还在这儿！真是闻所未闻。快滚
   开！我们早就进行了启蒙！——这个魔鬼团
   伙，全然不讲常规。我们已经这样聪明，可
   泰格尔还在闹鬼。[3]

　　尾脊幻视者一出场就向众人指出欲望的虚幻性，说些让大家败兴
的话。如浮士德所描述，尾脊幻视者驾驭欲望前进的轨迹不是直线，
而是近乎一个圆。因此尾脊幻视者也是自相矛盾的，他彻底否定欲
望，但他不搞精神专制，所以他似乎什么也做不了，只能坐在一个积
水潭，让蚂蟥从他臀部吸血以自娱。浮士德观察了这些精神深处的图
像之后，反省就发生了。他从纵欲的狂欢中苏醒，眼前出现了格蕾琴
孤零零的惨白的幻影，他变得忧伤起来。而梅菲斯特还不放过他，立
刻告诉他说格蕾琴的脑袋已经被砍下了。

　　布罗肯山上发生的这一切，就是人的意识为了向人的欲望进行报
复，在自省中向内探索所看到的图像。在图像中，人的理性似乎是无
能的，待在一旁什么也做不了，但实际的情形并不如此，一切都是暗
中控制的，有规律的，因为人性从一开始就建立了那种古老合理的机
制，矛盾的双方有种必然的对称。浮士德体会到了这一点，所以他暗
示说尾脊幻视者的轨迹是圆的轨迹。也就是说，他明白了自己内心的
需求，陷入了深深的自责之中。于是，原始放荡的欲望被制裁、被驱
逐，他开始审视自己在爱人身上制造的创伤有多深。似乎不合时宜，
但却是必然的转折。

　　很明显，布罗肯山狂欢的场景中有两类人物：一类是代表原始欲
望的自然界的精灵；另一类则是代表理性的古板而又明智的老派哲人，
二者表面相互仇恨，其实又是相互依存的，其情形正如我们内心时

时感到的那种矛盾。人的精神经历了漫长的文明之后的确变得复杂而又暧昧，人总是觉得好日子是属于远古的，但远古时代人性还处在蒙昧之中未展开。现代人只有通过艰辛无畏的探索，才能做到既身处荒谬，又随时可以重返精神的源头。浮士德在这个精神迷宫中看到了同自己这场恋爱并行的，心灵深处精神的历程。一切做过了的，都会遭到相称的报应，他自然而然地走进深渊。

注：
（1）《歌德文集》第一卷，绿原译，人民文学出版社 1999 年版，第 124 页。
（2）同上，第 128 页。
（3）同上，第 132 页。

学生

在浮士德的书斋里，一名学生前来向浮士德求教，浮士德不愿见他。于是梅菲斯特化装成浮士德，同那名学生进行了一场精彩的、启蒙性的谈话，学生由此改变了自己的一生。纯洁的学生满腔激情从远方而来，一心要探索宇宙之奥秘，却不知从何着手。梅菲斯特便以他渊博的知识，及对于人类精神的透彻精深的洞悉，用对于人的处境幽默自嘲的方式，向这位有灵气的学生指出了努力的方向，使他有可能在今后的日子里战胜观念对自身的羁绊，追随感觉的牵引达到自由。

梅菲斯特首先赞扬学生选修科学与自然的计划，因为这是达到理性认识的途径。接着他滔滔不绝地向学生阐述了逻辑学、形而上学、法学、神学和医学的本质。从他的阐述可以看出，他是将科学当作"人学"来研究的，因为一切科学都应从人出发，以人为本，都是人的精神的奇妙产物，脱离了这个根本，科学就失去了意义。所以这场艰深的阐述，也可看作是他将精神领域形象化的表演。首先他告诉学生，逻辑学是用来训练他的精神的，是为了使其"审慎地爬上思维的轨道，不至于像鬼火似的横冲直撞，东荡西飘"[1]。逻辑学所教的，是普遍的规律，像吃饭喝水一样普通，但"思维工厂"一旦启动，就"牵动了千丝万缕"，"接上了千头万绪"。可惜的是这样的技巧没有人能全盘掌握，成为织布匠。为什么呢？只因精神本身是不可"掌握"的，所谓规律，也并不能直接拿来解决认识中遇到的问题。面对不可捉摸的、深深嵌在事物中的精神，人为了达到机械的认识，只好先将精神从活物中攫走，再去认识分裂的各个部分。梅菲斯特在此说的是哲学的难题和人的无可奈何的处境。他希望学生学会还原和分类，这样才能直抵本质。接着他又要学生研习形而上学，使自己获得抽象的思考能力；他暗示学生说形式感是通过训练培养的，但真正的获取则要取决于每个人的创造性，即启动个人内在的生命机制，否则知识便只是一些干巴巴的教条。然后他又劝学生不要钻研法学，因为这门学科在当时与人性无关。谈到神学，他对学生的教导是学习神学就得是一个虔诚的人，终生抱定一种信仰不变；不要到世俗中去寻找词语的意义，而要将词语的体系建立在彼岸。对于学生关于医学的提问，梅菲斯特则委婉幽默地，用世俗的例子暗示他，医学是生命的科学，弄清肉体的需要是第一义的，也是万分复杂的。最后梅菲斯特总结道："所有的理论都是灰色的，生活的金树常青。"⁽²⁾也就是说，一切的学问都要经过个人的创造才能成为真学问，才有意义。并且他在学生的纪念册上签字："你们便如神，能知善与恶。"⁽³⁾他要学生相信自己的直觉与冲动，将自己看作可知善恶的神。最后他戏谑地向学生预言：

▶ 紧跟这句古话，紧跟我的蛇姨妈，有朝一日
  你肯定会因同上帝相仿而担心害怕！⁽⁴⁾

　　人当然永远达不到上帝的全知全能，要是真的达到"相仿"那便是死期来临了。但只有紧紧抓住生命（蛇姨妈），人才会不断完善。多年之后，这名聪明的有理想的学生果然按梅菲斯特给他指出的方向成长起来了。

　　他们的重逢发生在第二部。还是在那书斋里，成了学士的青年谈到纯精神生活时这样说：

▶（从走廊上冲过来）门户竟然洞开／好事终
  于盼来／活人不再像尸体／一直躺在臭霉

里／憔悴又腐蚀／为了生而死。（5）

精神生活就是面对死的冥思，这种冥思却是为了生。青年已经领会了梅菲斯特从前的教导的核心，成了一位大无畏的探索者。接着他又谈到真理："哪位教师当面向我们直接讲过真理？"他说出了人类的辛酸：真理是不可言说的。他还谈到经验是"泡沫和尘土""与性灵不可同日而语"，即，单靠"学"，不能达到真正的"知"，只有"做"才能达到真知，懂得再多，不如搞一次发明。学士咄咄逼人的充满朝气的否定精神将梅菲斯特也弄得无处可躲了，他大言不惭地质问梅：

▶ 人的生命活在血液中，可血液哪儿会像在青年
　身上那样流动？这是活血才朝气勃勃，新的生
　命要从生命产出。既然万物奋发，有所成就，
　弱者于是倒了下去，能者走在前头。试问我
　们赢得半个世界，你们又干了些什么……（6）

他要否定现有的世界，高举批判的利斧，砍向一切陈腐的理论。梅菲斯特暗中欣喜，说：

▶ 魔鬼在这里也为之语塞。（7）

学士则坦然答道：

▶ 如果我不愿意，魔鬼也不会存在。（8）

最后他表白道：

▶ 世界本不存在，得由我把它创造！是我领着
太阳从大海里升起来；月亮开始盈亏圆缺也
和我一道。白昼在我的道路上容光焕发……
我可自由自在，按照我的心灵的吩咐，欣然
追随我内心的明灯，怀着最独特的狂喜迅疾
前行，把黑暗留在后面，让光明把我接引。[9]

　　这是创造的境界，艺术的境界，一位叛逆的"小神"就这样脱颖
而出，梅菲斯特称他为"特立独行的人"。虽然梅菲斯特出于本性仍
要对他加以嘲讽，但显然他对这位青年是很有信心的。当年他将自己
本性中最好的部分——生命的不息的躁动传给了他，现在这种躁动已
成了青年创造的动力。

注：

（1）《歌德文集》第一卷，绿原译，人民文学出版社 1999 年版，第 55 页。
（2）　同上，第 57 页。
（3）　同上，第 58 页。
（4）　同上，第 58 页。
（5）　同上，第 275 页。
（6）　同上，第 278 页。
（7）　同上，第 278 页。
（8）　同上，第 278 页。
（9）　同上，第 278 页。

生活就是创造

在《浮士德》的序幕里，作者通过三个人物对自己内心的困惑做出了很好的分析，并且借剧场经理的口道出了本剧创作的宗旨：

> ▶ 在我们德国舞台上，人人都按照自己的心意
> 在排练；因此，今天请别为我节省布景和机
> 关！充分使用大大小小的天光，星星也不妨
> 靡费一下；还有水，火，悬崖峭壁，飞禽走
> 兽，一样也不能短欠。那么，就请在这狭窄
> 的木板屋，去步测天地万物的整个领域，以
> 从容不迫的速度从天堂通过人间直到地狱！[1]

值得我们注意的是这段话不是那么容易看懂的。只有弄清了全部剧情之后，才会懂得，"天地万物的整个领域"，人间、天堂、地狱等，指的是人的精神领域，也就是所谓"有灵性"的那个领域。以这点为前提，由作者的一些描绘带来的困惑也就可以逐步澄清了。可以说，整个剧是在一个博大的心灵之内演出，虽然道具、背景、人物身份等全是从世俗中搬来的，但诗人以"化腐朽为神奇"的本领赋予了它们全新的意义。

关于"生活"的内涵，梅菲斯特是这样说的："所有的理论都是灰色的，生活的金树常青。"[2]生活就是生命的活动。在这里它绝不等于一棵树、一只鸟、一条鱼的生活，也不等同于缺乏自我意识的庸

庸碌碌的生活，甚至也不是指一般的社会生活。作者所说的生活，是基于生命的个人的创造，或者说艺术化了的精神生活。当浮士德这个饱学之士已精通了一切观念，就连前人的优秀文化遗产也不再能使他精神上满足时，他的唯一的出路便是自己来进行创造了。"太初有为"指的就是这种创造性的生活。只有通过创造，他才能让先人的精神从故纸堆里复活，他知道："从祖先继承的一切，需要努力获取才能占有。"(3)整个剧情所表演的，都是他怎样去创造自己的生活——一种艺术化了的生活，他用自己白日梦似的真实体验，为他头脑里的观念注入了生命，使那灰色的理论发青、生长，并彻底属于他自己。

艺术化了的生活究竟是一种什么样的生活呢？看完全剧才会体会到，那就是浮士德和梅菲斯特表演的那种每时每刻重新开始的、执着于本能的向上追求。这样一种没有退路的生活有它非常可怕的一面，所以一开始，浮士德就必须将自己的灵魂抵押在梅菲斯特手中。此举的意义在于，让浮士德在每一瞬间看见死神，因为只要一停上追求便是死期来临。这种生活的可怕还在于：它内部包含了致命的矛盾。创造的成果总是抓不住，一瞬即逝，留下的只是令人嫌弃的肉体，而又唯有这肮脏猥琐的肉体，是人的创造灵感所依赖、所寄生的地方。被梅菲斯特如催命鬼一样逼着不停向前冲的浮士德，所过的就是这样一种双重可怕的生活，这也是真正的艺术工作者所过的生活，虽则可怕，但比起此前那种死一般的苟延来，实在是令人无比兴奋的。

由此看来，浮士德从书斋走向广大的世界就是从学习他人转向自己内心的自由的表演，主动的做梦，贪婪的僭取，最后，狂妄的建造，当上帝的尝试。

浮士德刚刚鼓起勇气准备投入生活时，就被他自己唤来的地灵吓出了一身冷汗。从地心走出来的精灵以极端的粗俗与阴森森的空灵混合在一起的吓人的相貌令浮士德全身发抖。但他马上明白了，这就是生命的真相，人要创造，就必须兼有地灵身上的两极，将生死之间的张力拉到极限，如果没有这个底气，就不要去敲地狱的门。人的确不像诸神，不能随心所欲，也没有优美的风度，但人的创造是任何神都做不到的，他能用特殊的本领将生死两界统一，仅此一点，人就不必一味为自身肉体的猥琐而自惭形秽了。地灵将浮士德残忍地"踢回到毫不可靠的人类命运"，使他感悟到要创造就得听从本能的冲动，扫除一切伤感犹豫。但又不等于麻木不仁或有了辩护的借口，而是沉痛意识到，并承担丑恶的肉体犯下的罪恶。这才是达到了善。

> 即使心灵臻于最庄严的境界，也总会有各种
> 异质掺杂其间；我们达到了今世的善，更善
> 就可以叫作妄想和虚幻。给予我们以生命的
> 美妙情感，就会僵化在尘世的扰攘里面。[4]

却原来"生活"就是到地狱里去搅它一通，把自己身上的元气耗尽。而所谓地狱，也就是艺术家眼中的人间，它同天堂也是相通的。于是浮士德同少女玛加蕾特开始了这炼狱与天堂合二而一的体验，在罪孽深重之中显示青春之力的美丽。一个老掉牙的爱情故事被注入了创造的活力。浮士德在这场爱情中用他不懈的努力，承担到底的决心证明了"人的尊严不会屈服于神的决心"。他虽不能变成神，其意境已相当接近，所以说人是"神的肖像"。

浮士德的这种特殊的生活从一开始就是向着内面的纵深的方向发展的。精神要扩张，要丰富，就得不停地从恶俗的人间（肉体）摄取能量，然后将那黑洞洞处所的无限矿藏开采。这样一个过程也可称作白日强行做梦。早已消逝的古代美女海伦，就是被梅菲斯特和浮士德用蛮横的强力，通过神秘的方式生造出来的女人，而他们自己，也在这场美梦里充当了主要角色，他们将虚幻变成了真实。人人都做梦，

但主动做梦，用意志使肉体消失，然后又以美的形式再现，是艺术家的工作。用这种方式创造的生活是自己从未体验过而又日夜向往的生活。所以伟大的艺术创造物并不是凝结着创造者已有的（意识到的）体验，相反它正是排斥已有的体验，强调每一瞬间重新开始，以全新的、异类的姿态脱颖而出的。这也就造成了作品的不可捉摸的特点，因为在已有的现实中找不到它的参照物，它是不可比的。海伦这个形象就具有这种特点。她似乎是粗俗的、追求肉欲的女人，但在她和浮士德的关系中我们找不到关于这方面的描述，一切都弥漫着一种空灵之美。只有一点是肯定的，她把浮士德引向了高层次的体验，又用自身的幻灭促使他的灵魂再生。

从女巫的丹房到地底飘浮的母亲们，再到最后建立自己的精神王国，是浮士德的心路历程。这个过程是随着创造的发展而越来越深刻、越来越抽象的，它永远没有尽头，只有生命的消失能让它中止。浮士德进入女巫的丹房就是他第一次同艺术奇迹谋面。这是一次全新的、意识不到的深层体验，精灵们的胡言乱语和看不明白的工作颠覆了他的逻辑思维，他在陌生而强烈的刺激之下不知不觉地变成了另一个人——一个粗野的、情欲旺盛的放荡青年。用一杯春酒垫底，他决心去开拓自己从未有过的生活了。他用"旧瓶装新酒"的方式谱写了他同玛加蕾特的悲歌，这是人间烟火味很重的第一次创造。

梅菲斯特最清楚浮士德的发展方向，所以他用计诱使他去地底，他知道那里有更为深奥的精神在等待浮士德。于是浮士德拿着梅菲斯特给他的钥匙（原始之力）历经千辛万苦到达黑暗的地底，同更高层次的艺术谋面了。这一次体验同样无法言说。精神洗礼之后生命力高涨，更加心高气傲的浮士德创造出了他同海伦之间的爱情绝唱。这次恋爱比前一次更像梦，人间烟火味也要少得多，但它仍然借助了世俗的材料——希腊美女海伦的故事。只不过那个旧故事在这场爱的实践中已化为一些淡淡的影子背景，浮士德和梅菲斯特同样可以借用任何故事，想象的和历史的。

也许就因为精神建立过程中使用了现实的材料令浮士德沮丧，他的野心更加高涨了。他要过一种纯精神的生活。这种纯精神生活又不同于他的助手瓦格纳的生活，它不是躲在书斋里的古怪创造，而是合乎理性地在海边围出一块疆土，建成一个开放性的自由乐园。工作快完成时浮士德才知道，这样的精神王国是不可能排斥世俗的入侵的，老夫妇的事件使他陷入深深的绝望，他在世俗情感的纠缠中不能自拔。但他绝不放弃，他非在有生之年将他的王国建成不可，这就像在本属于他的非理性的海洋之滨用身上的理性来对付这海洋，自己同自己作战。虽然实际上他直至死也没有完成最后的创造（这样的创造不可能完成），但一个人一生中能不停地创造，这该是什么样的幸运啊。

一个凡夫俗子，是怎么能够接近上帝的意境，把自己的生活变成艺术的创造的呢？其根源在于他体内的那个梅菲斯特的躁动。梅菲斯特是人性深处的矛盾体，是有与无、生与死、理性与非理性之间进行殊死搏斗而又处于统一之中的形象，是他将冲动给予了浮士德，使得浮士德成就了伟大的幻想事业。

注：

（1）《歌德文集》第一卷，绿原译，人民文学出版社1999年版，第7页。
（2）同上，第57页。
（3）同上，第23页。
（4）同上，第21—22页。

两极转换的魔术

可以说，关于人生的演出同化装舞会十分类似，而处在社会中的人就是戴着面具表演的人。在为魔术操纵下的艺术舞台上，更是面具下面还有面具，以至无穷。令人感兴趣的是面具同面具下面的"人"既是不同的又是同一的，奇妙的演出随时可以打破表面的禁忌，让下面的东西直接展露，而同时还要让人感到那种深层的和谐。歌德堪称这种表演的大师，只有极其深邃的心灵可以轻而易举地完成这种转换。进入这个舞台，就是进入一个魔圈，没有止境的戏中戏打破了现有观念的所有限制，人的感觉被一股看不见的旋风裹着向内深入，而内和外的界限又随时消融，就仿佛是胸中同时拥有两极似的。人生的面具方式根源于人性本身那个最古老的矛盾，只有最强健敏锐的自我意识可以彻悟人生的这种结构。在这方面强大的理性是决定的因素：

▶ 天使们一见她（太阳）元气勃勃／虽无人能
  探测她的深浅／不可思议的崇高功业／正像
  开天辟地一样庄严。[1]

这种无人能探测深浅的理性又是从自发的生命力当中而来，所以才会有一层又一层的面具。即，一切都是"假"的，"真"只存在于不可捉摸的未来的预测中。

浮士德就是这样一个戴着面具生存的、生命力十分旺盛的人，他的一系列的表演就是突破自身固有的面具，崭露下面的欲望的过程，而崭露欲望又似乎是为了给自己套上新的面具……生命和意识这种连环套似的依存关系就是这样世代演绎。

　　花花公子浮士德和小市民玛加蕾特的恋爱遭遇，是浮士德突破面具能力的初试锋芒。这个事件中，浮士德的性冲动同他的面具似的行为举止始终是一致的，唯一透出超越信息的是他对整个事件的承担，仅此一点就把一个俗不可耐的恋爱故事提升了：一方面，他就是我们每个人，他那熟悉的面具就是我们每个人的面具；另一方面，他意识到了这面具，所以超越了他所表演的一切。浮士德是借助于他心灵中的魔鬼——艺术大师梅菲斯特来做到这一点的。梅菲斯特将浮士德的生活变成艺术创造之后，浮士德周围的一切都改变了。他所在的每一个环境，都变成了有灵性的舞台布景；他所遇到的每一个人或神，都是一个比喻，一个深而又深的谜。整个大千世界也成了这种永恒之谜。梅菲斯特的最大功绩就在于让浮士德在猜谜中学会两极转换的魔术——这个艺术的真谛。

　　从书斋出来进入魔幻的自然后，浮士德虽然还保留着清高的毛病，梅菲斯特却不顾一切地一步步将他拖进污泥臭水之中。如果说他在女巫的丹房里还不习惯他们那种猥亵的举动和言语，那么到后来他自己成了卑鄙的杀人犯时，他就只好一不做二不休了。那淫荡而猥亵的女巫，处处表演着人心深处的肮脏欲望，同时却又是那么的空灵，人永远抵达不到她的实体。在她家中，浮士德能看到的只能是镜中的美女，感到的只能是情欲的饥渴。这饥渴的对象隔着玻璃，他得不到满足，却在饥渴中获得了青春。其情形就如同一次艺术的实践。浮士德学到了什么？如梅菲斯特所说：

▶　……一个彻底的矛盾谁都会莫测高深，不论
　　智愚贤不肖。我的朋友，技艺又陈旧又新
　　颖，历代都是三而一、一而三来传播迷妄，

而不是求真。⁽²⁾

梅菲斯特在反讽，他幽默地谈论着艺术——这个他所虔诚相信的东西。多少年，多少代，人类发明的艺术就是围绕着同一个"又陈旧又新颖"的问题，"三而一、一而三"地纠缠，就像女巫现在所念的经、所无声地提出的问题一样，这问题的实质就是："人的冲动和对这冲动的意识，谁是决定性的？二者是相互扼杀还是相互促进？"类似于女巫的猥亵，浮士德的生命冲动表现在花花公子的丑陋恶行上头；而同样类似于女巫的空灵，浮士德的自我意识则体现在对自己恶行的承担上。恶转化为善就像点石成金，人只要忠实于自己的本性，"即使在他的黑暗的冲动中，也会觉悟到正确的道路"⁽³⁾。所谓忠实于人的本性，就是忠实于人类最高理想，发掘人的深层意识。这是很难做到的，人的努力只能是一个无限的接近的过程，浮士德则将这个过程揭示给我们了。人只要一刻停止自我认识，盲目的冲动就要转句，善的梦想就会成为妄想。这个千百年来的老问题就是女巫的"学问"，它"谁人不思，始可赠之，其将不意而获至"⁽⁴⁾。女巫暗示浮士德放弃表面的理性思考，追随生命的轨迹去获取更深的认识。

穿插在浮士德故事中的皇宫，和以皇帝为首的宫廷内的各级官员，他们代表的那种生存的层次感，更是从根本上体现了人性两极转换的过程。在各式各样的巨大变迁中，皇帝相对来说是岿然不动的。如果说有什么变化，那就是从一种层次深入到了另一种更深的层次。任凭善恶为他殊死搏斗，他只要停留在原地就会跟上发展。这个皇帝，他为浮士德的生存做出了榜样，所以浮士德一贯十分敬仰他。皇帝所呈现的这种理性精神并不是浮士德所熟悉的，它不是以已有的生存现实为依据，而是以那从未有过的、即将到来的生存为依据。当然，这同梅菲斯特的魔术的作用也是分不开的。表面上，皇帝一无是处，无论怎样行动都是导致恶果，就像恶的化身，在深层次上却并不是这么回事。一切的恶，因为有了理性的认识（生命意识），其实是向着合乎人性的、善的方向运转的。这真是一种难以理解的怪事，人怎么能以从未有过的东西作为自己认识的目标呢？所以某种神秘的虔诚是需要的，人必须细细倾听内部那个黑洞洞的深处发出的声音。梅菲斯特凭借天才的耳朵早就听到了，并且将他所听到的传达给了皇帝，获得了皇帝的信任。如果不能顺从人的本性，那么大臣们无论有多么美好的愿望，也是不能最终达到善的境界的。这里描述的人性同多年以后卡夫卡所描述的异曲同工。卡夫卡在《万里长城修建时》这篇文章中提到人的欲望和理性的关系时分析道，人的欲望如春天的河，人必须倾听最高指挥部（原始生命力）的命令，让河水上涨，肥沃两岸的土地；而与此同时，河水的泛滥将毁掉一切，人不应该遵从来自灵魂深处的命令。卡夫卡陷入的矛盾同皇帝的矛盾是一致的，就因为理性并不是一个固定的东西，它总在左右为难中犹豫，然后再像皇帝那样通过一场"圣战"杀出一条路来。博尔赫斯则是这样描写欲望与理性的：

▶ 那是第二个符号贝思。在月圆的夜晚，这个字母赋予我支配那些刺有吉梅尔记号的人，但是我得听从有阿莱夫记号的人，而他们在没有月亮的夜晚则听从有吉梅尔记号的人支配。[5]

　　皇帝倾听着灵魂的声音，磕磕绊绊地走过来了。宫廷内的矛盾一轮又一轮地演变，王国的生命力长盛不衰……他必须聚精会神地听，否则欲望的河流便会无意义地消耗掉自己，变成一个个小水洼；他必须听到河流未来的走向，并且在头脑中有一种宏伟的设想，否则河就会毁灭一切。这样的理性，既要等待冲动为自己指明方向，却还要统领冲动，实在是很奇怪。

浮士德借梅菲斯特的手逼死老年夫妇的事件也是两极转换的奇妙例子。在生命的最后年头，浮士德力图达到彻底的善，想要使自己的精神领域内一片和谐，但世俗的钟声却弄得他要发疯：

▶ 那该死的钟声，把晴朗的暮空搞得乌烟瘴
　气，从婴儿受洗到老人下葬，事事都有它掺
　和在一起，仿佛人生在叮当声中，不过是一
　场春梦依稀。[6]

于是他要梅菲斯特帮他除掉这世俗的不和谐音。根据浮士德灵魂深处的声音办事的梅菲斯特用阳奉阴违的手段逼死了老人们，并将这出乎他意料的消息原原本本地告诉了他。于是浮士德在罪恶中为"忧愁""困厄""债务"和"匮乏"所包围，这痛苦一直伴随到他旅途的结束。于不知不觉中，卑鄙的恶已经转化成了善。他终于明白"魔鬼难以摆脱，跟恶灵结合更不可分"[7]。梅菲斯特一方面让他知道，斩断世俗是不可能的，世俗是他的立足之处，同时又在不断缩小他与世俗交流的圈子。也许同世俗完全断绝的时分就是彻底的和谐与善到来的时分，但那已经没有意义了，因为生命已结束。人的追求只可能在对世俗对自己的肉体的怨恨中实现，浮士德"错"就"错"在他总要抓住生命，连"这最后的、糟糕的、空虚的瞬间，可怜人也想把它抓到手"（指他将挖坟的噪声认作挖渠道的声音）。他一冲动，就要作恶，向善的认识也随之提高。而梅菲斯特这个恶灵，因为他对生命的热爱，从头至尾保持住了自己那高贵的理性，最终读者会恍然大悟：原来魔鬼的本性就是爱。这也是为什么他要导演这整个一出"幼稚疯狂"的戏的根源。

注：

（1）《歌德文集》第一卷，绿原译，人民文学出版社 1999 年版，第 8 页。

（2）同上，第 76 页。

（3）同上，第 3 页。

（4）同上，第 76 页。

（5）《博尔赫斯文集·小说卷》，海南国际新闻出版中心 1996 年版，第 105 页。

（6）《歌德文集》第一卷，绿原译，人民文学出版社 1999 年版，第 422 页。

（7）同上，第 430 页。

梅菲斯特导演的圣战

　　所谓灵界，也就是人的精神世界，是一个有无限层次的所在。《浮士德》一剧中的皇宫，就是灵界在人们眼中的缩影。作为这个世界的核心人物，至高无上的皇帝的意志却总是模棱两可，他竟然要遵照梅菲斯特的安排办事。要理解这种现象，就要弄清这个王国的结构。皇帝是王国的最高理性，一切政令都从他这里发布，但这个皇帝的内心又是十分摇摆不定的。为什么呢？因为王国并没有按理性（或称公道）治理，一切政令都得不到实施，恶势力自行其是，弄得整个国家即将分崩离析，皇帝本人一筹莫展，他的尊严也要成为牺牲品了。人怎样才能驾驭王国自身的恶（生命力），使它那泛滥的洪水在理性的渠道里流淌呢？这种不可思议的渠道应根据什么来修建呢？在这危机的关头皇帝迎来了王国的救星梅菲斯特——这位精通人性的魔术大师。

▶ 是什么受诅咒又受欢迎？是什么被渴望又被
　驱逐？是什么永远受到保护？是什么被痛斥
　并被控诉？是谁你不敢把他唤来？是谁的
　大名人人喜欢听到？是什么走近了御座的台
　阶？是什么做法把自己赶跑？[1]

　　梅菲斯特一出场就用弄臣的方式将自己的身份描述了一番，这番描述实际上使他自己暗中赢得了皇帝的信任。当然也可能是皇帝早就盼着梅菲斯特的解救。大臣们纷纷向皇帝诉苦，谈到恶势力的可怕，谈到国库已经耗空，灭亡的命运就在眼前。于是皇帝向梅菲斯特讨教。梅菲斯特告诉皇帝要想充实国库，维持王国的活力，使政令畅通，其办法不是去抑制恶势力的蔓延，而是获得更多的金钱。金钱在剧中有种亵渎的意味，它隐喻着人的生活的理由和依据，它实际上是原始欲望的对象化。对黄金的起源梅菲斯特是这样解释的：它们诞生于恐怖时代的异族混战之中，现在被埋藏在地底，"只有靠天才的自然力和精神力"才能让它们见天日。他又说，既然这些个黄金（数量无限）是属于皇帝的，皇帝就可以用它们做抵押，以此来为王国的各项开销注入资金。梅菲斯特还唆使宫中的星士别有用心地进行说明道：

▶ 如果太阳和太阴代表金子和银子结伴同行，
　那就会出现皆大欢喜的人生！其余的一切无
　不有求必应：宫殿，花园，酥胸，红颜等等，
　这位博学之士都可弄到手，我们做不到的，
　他则无所不能。[2]

　　这里表演的，实际上是人怎样为"恶"找依据，或者说怎样曲折地将自发的恶变成有意识的善。梅菲斯特要干的，是一桩极为隐晦的事业。他要让人的生命力在艺术生存的境界里发挥到极限，让人在误解（有意识自欺）中获得生之辉煌。而要达到这个，人首先得有虔诚的、类似宗教的情怀，绝不能急功近利。如他借星士之口所说的：

▶ 首先，我们必须持斋守戒，同上帝和好，才能
　托天保佑，挖出地下的财宝。须知行善才有
　善报，血气平和才能快乐逍遥，压榨葡萄的
　人才能喝到酒，增强信心才能把奇迹等到。[3]

　　所谓"快乐逍遥"只不过是种引诱，为了煽起欲火。此处是艺术

（梅、星士）在向人的理性（皇帝）说话。人不能放任自己的欲望不管（那样的话很快会枯竭）；人也不能压制欲望，让它驯服；人只能依据既真实又虚幻的理由（深层的欲望、地下的黄金）不断地在认识中生存。人解决不了生存的矛盾，只能让这矛盾展开；人反而还要促进矛盾的发展，直至最后达到圣战的最高阶段。由于生存的理由藏在地底漆黑的矿脉里，人要去探宝，就必须认识死亡，进入昏暗恐怖的、排除了善恶之分的地带，使自己换一副眼睛。而获得成功的希望不在于权威只在于幸运。所以在这项工作中，智慧要让位于虔诚，人的推理要让位于灵魂深处的冲动。

为了让皇帝认识黄金的性质（也就是认识自身欲望的本质），梅菲斯特策划了一场奇怪的、狂欢的化装舞会。这个舞会上所演出的，就是人心深处那一对矛盾的真实情景，以及人怎样去那陌生的情境中探宝。作为欲望化身的财神普路托斯，"只关注哪儿有什么欠缺需要补足；他乐善好施的纯粹兴趣，超过了幸福和占有"[4]。报幕人认为他是一位气度威严的君王。他带着大批财富坐在豪华马车上穿过人群，却能做到并不把人群分开。他的形象在告诉观众：欲望就是"欠缺"，就是饥渴，它无处不在，所以"最富有"。它是生命的形式，但它又没有实体。所以人一旦将它对象化（比如用黄金的外形来固定），它立刻化为乌有。欲望最为浓缩地体现在诗里面，读诗的人为心被激起强烈的饥渴，这饥渴就是生命冲动的形式。

与普路托斯同行的，是被他看作"亲爱的儿子"的御车少年。这是一位十分美丽的、靠"挥霍自己的家私来完成自己的诗人"，他隐喻着人的生存与死亡的意识，是对欲望的反省，简言之，他就是我们常说的"诗性精神"。他也和普路托斯一样无处不在。他对普路托斯说：

▶ 你在哪儿，哪儿就会富裕；可我所到之处，
　人人都觉得有显赫的收成。即使他常常困顿

于荒谬的生活，他是应当投靠你还是投靠

我？投靠你，当然可以优游岁月；跟我走，

却得不断地工作。我的事业不是秘密完成

的，我一呼吸就暴露了自己，那么，别了！

承蒙你慨允我造化好；可你轻轻一唤，我马

上就回来应卯。⁽⁵⁾

这一段深奥的话讲的就是作为诗意化身出现的御车少年在人性中的作用。生命的意识体现为生之否定，向死亡的皈依。但否定不是目的，否定是种表演姿态，其目的是为了达到更为真实的生存，也就是以死为前提的浓缩的生存。所以作为诗性精神的御车少年与欲望之父普路托斯的关系如普所说：他既是他的"精魂的精魂"，能够时刻按他的心意行事，他又是他亲爱的儿子。也就是说，人的深层欲望要依仗于深层意识来启动，而人的深层意识又来自于深层的冲动。普路托斯和御车少年这一对最原始的矛盾从地底驾着马车来到人群中，他们肩负的是为人们启蒙，使人的自发的欲望变为向上、向善的动力的任务。

普路托斯下车将财宝的箱子打开，人群蜂拥而上去抢宝，但黄金马上变成了烈火，烧得众人纷纷后退。普路托斯就地画了一个魔圈，大批队伍拥簇化装成大神潘的皇帝进入了魔圈，目睹了普路托斯表演的奇迹。欲望是黄金，又是火，最后还是虚无。皇帝经历了奇妙的体验：火从最深的峡谷烧起，越烧越大，烧毁了一切，差点把皇帝都烧死了，这时普路托斯才用魔术降下雨水，将大火熄灭。普路托斯表演的目的并不是如报幕人说的：

▶ 哦青春，青春，你难道不能节制一下寻欢作

乐的分寸？⁽⁶⁾

因为皇帝接受了这次教育后这样说：

▶ 我倒想多来些这类玩意儿……我似乎成了上
千条火蛇的国君。(7)

显然，梅菲斯特不是要皇帝"节制"，他只是要皇帝认识。提高了的理性才能更好地深入底层的意识，因为骚动的灵界毕竟离不了理性的统领；而对欲望的认识不会导致压制，却会促使它更为尽情地发挥，这也是圣战的根源。

梅菲斯特让皇帝用假财宝（钞票）进行流通，继续他尘世的挥霍。这个被浮士德称为"高深莫测""至高无上""最杰出的人物"的皇帝，深深地领会了梅菲斯特的用心。他的状态就如浮士德所描绘：

▶ 走下去，走下去——瘸瘸拐拐，跌倒又站起，
然后跌个倒栽葱，咕咚一下滚到了一起。(8)

这就是具有自我意识的人在世俗中的真实刻画。皇帝在等待——一边生活一边听梅菲斯特的将令，他显得沉溺于污浊之中不能自拔。但梅菲斯特一边恶毒地嘲讽他一边判断说："活人总该有希望！"梅菲斯特说这话的口吻同天主很相似，也许他在人心中的地位就类似于天主。

时机成熟，内部的矛盾白热化，政权更加摇摇欲坠，敌方自立了伪帝，皇帝终于被迫进行圣战了。这是怎样一种"圣战"呢？用浮士德的话来说就是"耍把戏，装幌子，搞诈骗"，用巫术操纵，率领一群像"闹得凶""捞得快""抓得紧"这样的乌合之众去夺取胜利。但这种表面毫无意义的混战因为有了梅菲斯特的操纵就变成真正的圣战

了。如梅菲斯特所说："记住你的目的，就能坚定你伟大的意志。"一切都是"比喻"，人必须行动。皇帝心中也很清楚他必须有对立面才是真正的皇帝，他要通过战争来激化内心的冲突，在心的张力中去追求梦中的胜利和荣誉：

▶ 当年我映照在一片火海之中，火焰凶残地向
我扑来，我觉得我的胸膛早就烙上了独立的
铃记；这虽然只是假象，可假象也十分宏伟。
我曾经迷惘地梦见过胜利和荣誉；我要把过
去荒唐蹉跎的一切加以弥补。⁽⁹⁾

　独立的精神要承担肉体犯下的罪恶的报应，只有在这承担中，荣誉才会出现在"梦中"。看穿了这场战争的本质的皇帝知道圣战的双方都是伟大的，因为都是为了拥护他或反对他而战。他要让理性遵从本能又统领本能，将战争打到底。他放弃指挥权，拿自己的头颅抵押给梅菲斯特，退居幕后监控。这一切无不令人想起艺术创造瞬间的情景，圣战不就是创作的高潮吗？艺术家心灵中如没有皇帝——这个态度暧昧的最高统领，一切就要乱套，圣战就会变混战。由于有梅菲斯特魔法的保佑，几经反复，皇帝终于取得了胜利。

▶ 骑士的棍棒巳经响成一片，仿佛回到了可爱
的古代。腕甲胫甲一齐套上，就像教皇党人
和保皇党人，重新开始了永恒的战斗。保持
着世代相传的敌意，彼此显示不共戴天的神
气；随处可闻鏖兵的怒吼。后来，如同一切
魔鬼宴会，党派仇恨充分发挥，直到最后同
归于尽；双方发出可厌的惊惶叫喊，间或夹

着撒旦刺耳的慨叹，从谷底传来实在惨不

忍闻。⁽¹⁰⁾

　　梅菲斯特以上这段感慨就是他心目中策划的圣战的实现。魔鬼撒旦又一次被镇压，回到他的谷底，也许又在那里策划更为疯狂的反扑吧。那么理性王国又如何呢？阴险主教的出场已经使危机初现端倪。

　　至此，梅菲斯特在整个精神王国中进行的事业的轨迹已完全清楚了：他首先挑起矛盾，让人在自欺中挥霍生命（或称享受生活）；然后将人置于危机之中，使人无法解脱；最后又通过巫术使人在圣战"获救"，重新达成一种暂时的平衡。在这个过程中，世俗融进灵界，一切粗俗的生命现象都服从于冥冥之中的最高理性；而这个最高理性，又服从于生命的冲动，由此呈现出灵界的奇妙的结构。圣战消除不了矛盾，暂时的平衡意味着更为激烈的争斗。皇帝知道严酷的惩罚又在前面等待着他，可是他除了迎上前去便无路可走……人类精神的魔术大师究竟是谁呢？

注：

（1）《歌德文集》第一卷，绿原译，人民文学出版社1999年版，第214页。
（2）同上，第219页。
（3）同上，第221页。
（4）同上，第240页。
（5）同上，第244页。
（6）同上，第251页。
（7）同上，第252页。
（8）同上，第393页。
（9）同上，第398页。
（10）同上，第406页。

荷蒙库路斯

　　流行的看法是，浮士德的助手瓦格纳是一个负面人物。他不赞成浮士德抛弃书斋，投向生命的自然；他不喜欢活生生的人们，只爱抽象的“人”的观念；他也不会辩证地看待人在历史中所起的作用，只会死死抠住一个理念化的模式不放。这种省力省时的阅读也许可以撇开很多复杂的问题，把握作者创造的艺术形象。但我们应该记住，歌德是一位伟大的艺术家，他的写作绝不是观念先行的写作，而他的每一个人物，也都是出自他内心的爱的化身，人物身上的丰富层次几乎没有止境，任何一劳永逸的把握都是不可能的。

　　耽于冥想、沉浸在纯精神世界中的瓦格纳，实际上是浮士德人格的一部分。他作为浮士德的忠实助手，从头至尾都守在那个古老的书斋里从事那种抽象的思维活动。他外貌迂腐，令人生厌，内心却有着不亚于浮士德的热情，只不过这种热情必须同世俗生活隔开。就是在这种在外人看来是阴暗的书斋里，心怀激情、孜孜不倦的瓦格纳终于造出了一种结晶体——荷蒙库路斯。

　　荷蒙库路斯是一个完美的小人，住在玻璃瓶中。它同它的创造者一样，也需要时时刻刻同世俗隔开。但荷蒙库路斯又不同于瓦格纳，根本的不同在于它时刻想要成长，而成长的唯一方法是同生命结合，获得自己的肉体；然而一旦肉体化了，它就会消失在肉体中再也看不到。看来是瓦格纳将自己身上的矛盾传给了它，用玻璃代替人的肉体，使它得以开始短暂透明的奇迹般的生存。在感官上，瓦格纳是如此厌恶人，不愿同人发展关系；在他的观念中，他却认为人类具有“伟大的禀赋”，他尤其崇敬像浮士德父亲那样的英雄。他决心制造出一个他朝思暮想的超人，也就是说，他要用精神本身来造出一个纯粹的人。这样的事情当然不是不可能的，只不过用此种方法造出的"人"，并不是现实中的人，而是一种异体，是人的肉体与精神的分离。瓦格纳沉醉于自己的创造之中。被他用科学理性强行分离出来的这个小人，异常美丽而又能照亮事物、透视事物。它的强大的精神能量却使得它焦虑不安，一心想突破玻璃瓶得以发展，因为只有通过发展它才能不断存在。这样一个美妙的意象处处让人想起艺术家本人。隔着玻璃瓶透视人生的艺术家，真是既脆弱又强大；玻璃瓶随时会爆炸，里面的精灵却不那么容易完蛋，转世投胎随时发生。瓦格纳出于对"人"的理念的深爱，非要造出一个理想的人来取代庸俗的世人，他没料到他的创造物一旦独立，马上就反其道而行之，将生命与世俗当作了自己最高的追求，甚至不惜粉身碎骨。整个过程的这种自嘲与赞美相结合的描绘是非常动人的：

▶ 再见！说得我不胜伤感。我想见你，怕再也
　无缘。——瓦格纳[1]

　　一旦独立，荷蒙库路斯就自告奋勇地担负起让浮士德还魂苏醒的任务。它是精神之光，可以为人类领航，连梅菲斯特也得依仗它的神通。它将唤起浮士德的美感，为它注入灵气和勇气。除此之外，它还到处发光，为的是尽快使自己肉体化，因为它要长大！

▶ 我听说它很古怪，只诞生了一半：精神特性
　它倒不缺什么，在实体功能方面却差得很
　远。至今它只有靠玻璃才获得重量；可肉体
　化才是它的首要愿望。[2]

瓦格纳将做何感想？也许这就是他当初造出它来的初衷？像他这样博大精深的老哲人，又怎么会弄错？厌倦了生命的老学究原来并没有心如死灰，他用这种曲折的方式同生活交流，否则那玻璃瓶也没必要存在了。他想让世人看见最最纯净的精神奇观，所以才想出这样的高招。

　　荷蒙库路斯的本质原是看不见的所谓"元素"，它无法独立存在，只能寄生于肉体的黑暗处。它的独立生存是瓦格纳和梅菲斯特那亵渎的大脑里的古怪主意，也是人类千年理想之光的结晶。它那种压倒一切的魔力，吸引着周围一切生命之物，它终于骑在普路托斯的背上游到了生命的大海的中心，在那里爱上海神的女儿伽拉忒亚，在她的贝车上将瓶子撞碎，获得了毁灭似的新生。那种激情之痛苦，光芒之美丽，人的语言没法表达。瓦格纳压抑了多年的欲望就这样得到了释放。

▶ **万岁海洋／万岁波涛／你们为圣火所环抱／**

　水啊万岁／火啊万岁／万岁这稀世的际会！[3]

　　荷蒙库路斯是肉体与精神矛盾的艺术现身，相互嫌弃又相互依恋的双方演绎出精神发展的历史。诗篇背后艺术家那深邃的目光、入微的体验、矛盾的表情时隐时现，使这个充满现代气息的形象透出其经典的底蕴。经典并不是单靠理性和智慧就可以达到的境界，经典是一种虔诚的、有点神秘的感悟，她可以有不同的形式，但万变不离其宗。歌德将《浮士德》写了六十年，瓦格纳也在阴暗的实验室里将那些"元素"捣弄了六十年。天才诗人花费了如此心血的创造物一朝面世，其非人间的光辉当然会穿透读者的心。

注:

（1）《歌德文集》第一卷，绿原译，人民文学出版社 1999 年版，第 283 页。
（2）同上，第 320 页。
（3）同上，第 326 页。

浮士德从何处获得精神力量

在这部气势磅礴、想象奇诡的戏剧里，多次出现了一些不可思议的场景，和一些难以理解的精灵。在那种氛围里，浮士德受到的感染和激发，每一次都像一次精神的洗礼，使他更加富有生气，雄心向上。作者将这类地方称为"自然"，这个自然同我们一般观念中的自然有很大的不同，她不是人类生活的外在的背景，而是具有灵性的、人格化了的风景，或者说，她就是潜意识的王国，艺术的王国。这种风景又因脱离了观念而显得深不可测，十分暧昧。

▶ ——对于永远主宰一切的自然，你们都感觉
   到它神秘的功效，而从最深的地层，不断向
   上透露出生动的征兆。如果四肢疼痛，身上
   什么地方不舒坦，那么马上拿起锹镐去挖
   掘：乐师就在这下面，财宝就在这下面！[1]

这段话已明确指示了人的精神财宝在何处。它在地底，也在那些险峰的沟壑里，总之它在人没有去过的地方。每当浮士德遇到烦恼或生活中要出现重大转折的时候，他就来到了风景奇异的地方，那些地方正如梅菲斯特所说：

▶ 不仅是金银珠翠，连这种名酒的精华，都为
   黑夜的恐怖所笼罩。智者在这里孜孜不倦地
   探讨；白昼识宝，是开玩笑，秘方得在昏暗

中才能见效。[2]

梅菲斯特带领浮士德所去的第一个让奇迹发生的地方是女巫的丹房。他在路上告诉浮士德，要想获得青春的活力只有两个办法：一个是同外界的自然融为一体，每天劳作，变成像牲口一样的自然物；另一个办法则是通过女巫的魔术变年轻。浮士德不愿变成自然物，只好心怀抵触来求助于女巫。

这一场晦涩的戏所表演的正是那些古老的精灵在进行真正的创造的过程。那种过程是非常神秘的，梅菲斯特说：

▶ 熬药这项工程不仅需要技术和学问，还需要
耐心。一个人平心静气干上多少年，只有时
间才能促进微妙的发酵。有关的一切都非常
稀奇古怪！[3]

黑暗的灵界不需要权威，只需要运气和信念，激情的猿类进行着只有它们自己能懂的、深奥的工作，那些工作非常类似于人的潜意识中的繁忙活动。浮士德似懂非懂地站在它们中间，一直注视着一面镜子。突然，奇迹出现了，他从镜中看到了最美的女人，心中的肉欲骚动起来。梅菲斯特则将猿们称为"坦白的诗人"。女巫从火焰中降落了，她是灵界的主人。

她一出场就显出吓人的粗俗，同梅菲斯特进行猥亵的交谈。他们在表演给浮士德看：只有下贱地执着于自己的本能，才有可能进行创造；人的活力就来自于这口乌七八糟的大煎锅里，当然还需要符咒的魔力（灵感）。女巫的符咒显示着非理性的巨大威力：

▶ 学问威力／无所不至／惜不为世人所知／谁

人不思／始可赠之／其将不意而获致。⁽⁴⁾

她在促使浮士德的深层记忆起变化。她将莫测高深的矛盾符咒念了又念，为的是挑动浮士德的情欲，让这情欲促成他的事业。浮士德喝了她给的古怪的药酒之后立刻春情大发，变得无比轻浮，迫不及待地要享受世俗生活。

这个晦涩场面的表演不由得让人感到，人的精神总是同某种神秘相联，深层的记忆在那暗无天日之处主宰着一切；那种记忆当然并不是乱七八糟的，但它们只围绕一种冲动发展，无人可以预测它们的形式。人同古老精灵进行的深奥交流就是艺术创造，人在过程中似乎是被动的，如同浮士德一样心神不定、不知所以然的，这种情形在创作中叫作"让笔先行"。

浮士德拿着梅菲斯特给他的钥匙到达了女神们——"母亲"所在的地底。这一行动究竟是精神的上升还是下沉是搞不清的，梅菲斯特说："全无所谓"，意即上升与下沉是一回事，天堂与地狱是一个地方。

人的意识的深海底下到底有些什么呢？摆脱了一切物象的纯精神是怎么回事呢？没有时间与空间，只有"母亲们"在其间飘浮的太虚幻境是什么样子呢？作品里没有说，因为没法说。人的语言只能说人间的事，只能在执着于世俗的同时去追求、向往那种纯而又纯、近乎虚无的境界。但没法说的事是存在的！浮士德的一切辛酸痛苦的体验都是源自那个地方，源自那个"太虚幻境"。然而即便将世俗撇开追溯到底，也会发现本质自身是一个矛盾，因为精神只能依附在"物象"上头发展、显露自身。浮士德说：

▶ 我的幸运可不在于麻木不仁，毛骨悚然才是

　人情最好的一部分；尽管世人对它感觉迟钝，

一旦染上身来，就会深深感到不可思议的
事情。⁽⁵⁾

在追求母亲们的时候，人会产生"毛骨悚然"的死亡意识，浮士
德迷恋上了这种意识，破釜沉舟地要探索到底。其实在戏的开头，他
打算喝下毒酒的瞬间，他就已尽情体验过这种情境了，不过这种体验
是不知满足的，如毒品上瘾。艺术追求的一生，便是死亡体验的一
生，越到临近终点越急迫。当然浮士德又不是为了永久地与母亲们待
在一起而去地底的。梅菲斯特说：

▶ ……你就可以把英雄美人从阴间召唤来，你
是第一个敢于担当那件事业的人；它完成了，
而且是由你完成的。⁽⁶⁾

如同人要摆脱世俗进入幽冥的王国一样，人也需要从那个王国脱
身出来进入世俗。艺术家所做的是交合的工作，一切都显得很暧昧，
只有莫名的冲动引导他前行。那一次又一次的逃离却原来是为了更好
地深入世俗，而一次又一次的深入世俗则是为了下沉（或上升）到"太
虚幻境"。沉溺于人间女色的浮士德这样歌颂道：

▶ 哦母亲们——让我凭借你们的名义吧！——
你们登极于无边无际之中，永远孤居独处，
却又和蔼亲切。在你们头顶周围，飘浮着生
命的种种形象，并没有生命，却活泼敏捷。
凡在所有光彩与假象中存在过的，仍然在那
儿活着；因为它们希望千古不灭。于是，
万能的母亲啊，你们便将它们分摊给白昼的

天篷，给黑夜的穹隆。(7)

　　见过了母亲的他就如同全身充了电一样，一心要在人间追求美的化身。奇妙的交合孕育的果实在生命中壮大起来了，见识过美的真实肖像的他，无论在人间的什么地方，都能将"她"马上认出来。他说："谁认识了她，谁就非要她不可。"这个"她"就是美的化身，他在女巫的魔镜中，在地底看见过的形象，现在在现实中具体显形为海伦了。他要这海伦属于他，只有如此，他才能建成"双重王国"（沟通两界），让精神同幽灵（死亡）对抗。

　　人在幽灵面前是多么渺小！然而就是这渺小的人类创造了自己不能完全理解的灵界，并运用自己身上不灭的活力来与这灵界不断沟通。只要浮士德活一天，梅菲斯特就要让他保持这旺盛的生命力，而梅菲斯特的法宝就是让他去那"无人去过""无法可去"的奇怪的地方。梅菲斯特在这里表演的，也是艺术同人生的关系。浮士德离不了那种奇境，有了她，他的阴暗猥琐的世俗生活才变成了光明。

　　珀涅俄斯河上游也是那种奇境。那是一个直觉的王国，各种精灵说着常人听不懂的话，只有梅菲斯特说："我那么快就习惯了这里的民风，每个人说的我都听得懂。"(8)因为他自己是属于这种地方的，或者说凡这种奇境都是作为艺术自我化身的梅菲斯特的故乡，所以他才会如鱼得水。在他的启发之下，浮士德也感到了可怕的精灵们的魅力：

▶ 想不到丑陋之中竟含有伟大、优异的风度。(9)

▶ 那些无与伦比的形象，就像我所见的一模一
　样。我浑身充满了神奇的力量。(10)

在一座从前是地狱，现在由内在爆发而升起成为与天体连接的险峻的岩峰上，浮士德同梅菲斯特展开了一场激烈的讨论。浮士德认为自然的特点应是和谐安宁。梅菲斯特反驳他，以自身的经历告诉他，自然内部充满了最可怕的矛盾，她总在咆哮涌动，她的分裂从不停止。从他们所立足的这个岩峰的来历和成因，就可以推测出那种变迁的恐怖。而认识这个自然，既是他梅菲斯特的义务，也是浮士德必须做的。他们将不断地在自然中留下记号。"魔鬼当时在场，这才是名誉攸关！"[11] 认识自然在剧中就是认识自我，获得了认识的人才可以更好地在人间追求事业。梅菲斯特总是让浮士德参观灵界的风景，让他将认识一步步深入。

一旦读者能够将风景人格化，就不难理解作者的追求了。狮子们，美人鸟们，宁芙们，蚂蚁们，奇怪的山民们，这些直觉的精灵们都在诉说着人的原始欲望。他们的居所，也是最为古老的原始地带，那些地方埋藏着人类用不完的黄金，只不过这黄金没有世俗的价值。精灵们（蚂蚁或山民）"沉静地通过迷宫似的缝隙，工作在充满金属气味的贵重气体里；他们不断地分离，试验，结合，唯一的愿望就是发明一点新东西。他们用具有精神力量的轻巧手指，造出了一些透明形体；然后在晶体及其永恒的沉默中观察上界的变易。"[12] 这也是诗人凝视自己的灵魂深处时所看到的东西。那些精灵们反复告诉人，人到底需要什么；在通常情况下人并不聆听，只有梅菲斯特这样的半人半兽的怪物才会不停地关注他们的声音。梅菲斯特召集的那三个粗俗的山民也是精灵的化身，他们表演的世俗众生相给人鲜明印象，梅菲斯特通过这三个人让浮士德看清自己心底的欲望。来自原始山林的这三个人，既直截了当又赤裸裸，而且表演得淋漓尽致。

剧终时的布景也是意味深长的。那里不是透明的天庭，也不是恐怖的地狱，而是兼有二者特点的"山涧树林，岩石，荒漠"——一个中间地带。诗人要在这里展示人神沟通、天地合一的辉煌景象，也就是博爱的最高境界。这个境界一点都不同于中国文化的"天人合一"，因为它是痛苦与斗争的平衡。来自地狱的与来自天堂的混到了一起，共同唱起了颂歌。由天使们搬运的既善又恶、既肮脏又纯净的浮士德的"双重体"，将在此地得以升天。而下界的梅菲斯特听到这歌声，也会为爱的烦恼与痛楚所征服。回想一下浮士德的历程，就知道他之所以能升天，是因为他对自身本质的不懈的探索，即反复钻进自然中去同那些精灵和风景进行交流。那是一种没有意识到的交流，又正因为意识不到才会触动人最深处的感觉。

注：

（1）《歌德文集》第一卷，绿原译，人民文学出版社 1999 年版，第 220 页。
（2）同上，第 221 页。
（3）同上，第 70 页。
（4）同上，第 76 页。
（5）同上，第 260 页。
（6）同上，第 260 页。
（7）同上，第 264 页。
（8）同上，第 288 页。
（9）同上，第 290 页。
（10）同上，第 293 页。
（11）同上，第 390 页。
（12）同上，第 398—399 页。

灵界的深处

梅菲斯特在珀涅俄斯河上游的遭遇，就是艺术进入灵魂深处的原始境界去探索的历程。作者将那种地方放在希腊，因为希腊是高贵的人性的发源之地。

灵魂的地狱到处燃烧着熠火，陌生的人形动物在古风十足的希腊大地上赤身裸体，丝毫不知羞耻为何物。这是一个直觉的王国，同时也是一个理性的王国；既是内力涌动，又具有坚不可摧的意志。谈吐突兀的人面狮和雕头狮深不可测，按今人的观念来看他们也许外表丑陋，但他们浑身上下透出梅菲斯特和浮士德未曾见识过的力与美。梅菲斯特这个艺术的精灵很快就习惯了古希腊王国的民风，那些谈论灵界的充满哲理的话语他也都能听懂，但是很显然，他的境界仍在这些千年不变的原始永恒的生灵之下。雕头狮粗暴地向他吼叫，完全看不起他，人面狮对他冷嘲热讽，因为相对于他们那种"伟大、优异的风度"，曲里拐弯的梅菲斯特显得十分猥琐。梅菲斯特同狮子们言语上的冲突，其实是艺术往纵深探索时那一对矛盾之间的交锋。人面狮和雕头狮以粗鲁的方式将他引向美的源头，将不朽的希腊精神向他展示，接着梅菲斯特就看到了灵界深处所发生的、人性矛盾斗争的残酷景象，也领悟到了美与丑的关系。

美人鸟用美妙的歌声吸引着梅菲斯特的注意力，这些欲望之鸟又是死亡之鸟，人面狮们告诉他，如果人倾听它们的歌声，它们就要人的命。这时浮士德走上前来询问人面狮们，说他要去寻找美的化身海伦，人面狮们告诉他说，她们自己在海伦之前早已死去，并向他指出寻找的方法，那就是"不要像尤利西斯束缚着自我"。

以上描述可以看出，欲望与死亡原是一个东西的两个面，它们在灵魂深处并未像在意识中那样分离。人面狮们是比艺术之美（海伦）更为原始根本的东西，她们是生命的起源，是理性与直觉、力与美紧紧结合的原型，从事艺术创造的梅菲斯特必须不断地回到她们的所在地吸取新的力量，也就是回到精神的故乡施行洗礼。

古希腊是一块神奇的土地：表面的美丽宁静之下隐藏着可怕的灾变；平地上会于瞬间长出高山；生灵惨遭射杀，恶鸟奋起报复；香艳的美女会忽然露出僵尸的真面貌；而人所遇见的，全是自己的近亲。在此地，美与丑的界限已经消融，古老原始的大自然处在混沌之中。那么，这样一个世界是靠什么来钳制、来维持其统一性的呢？梅菲斯特一层一层地进到了统治机构的深处。

古老的原始之力的象征塞斯摩斯通过强力的推挤从地底凸出地面，创造了一座高山，塞斯摩斯表白道，大地上的一切都是他用这种激情的暴力所创造的。当他这样做的时候，人面狮在地面神圣的位置并不因此有丝毫改变，塞斯摩斯创造什么，人面狮们便守护什么，自古以来就是如此。此处描述的又是那个生命与意识的老问题。人面狮们以其伟大优异的气魄和风度，永远伴随护卫着创造力，所以："可他（塞斯摩斯）不能露得更多：人面狮已经在这儿巍然就座。"[1] 原来人面狮是理性统治的首领。

高山形成以后，雕头狮们便命令蚂蚁们和小矮人们去岩石的裂缝中搜集黄金，找到以后归雕头狮们保管。这是一个十分严厉残忍的统治机构，这个机构就是灵魂内的理性结构，它似乎要扑灭一切生的冲动。蚂蚁和小拇指矮人由小拳头矮人统治，小拳头矮人则服从雕头狮，哪里有欲望冲动造成的裂缝，哪里就有这种强硬的制约。如小拳头矮人所说：

▶ 别问我们哪儿来；

我们反正这儿待！

只要过得还满意，

任何地方都可以；

哪儿岩石有缝隙，

就有矮子的踪迹。

……

不知当年在天堂，

是否也像这个样。

我们感谢运气好，

觉得这里最地道……(2)

很显然作为理性形象的矮人当年是住在天堂里的，这就像意识住在理念中一样，现在他们却在人心深处找到了发展的地盘，建立了层层制约的体系。体系最下层的蚂蚁和小拇指矮人则唱道：

▶ 靠谁来解放！

我们开铁矿，

他们铸锁链。

要想争自由，

还不到时候，

只好忍着点！(3)

也就是说人一边聚集生命的能量，准备那史无前例的爆发，一边又铸成新的理性的锁链，用来钳制冲动。自由，便是也只能是这种戴着镣铐的自由。在这个统治体系中的大元帅更是残酷无情，他将生命象征的苍鹭全部射杀，并拔下翎毛来装饰头盔。对生命的杀戮当然要引起更大的报复，鹤群们用血腥的方式向小拳头矮人施暴，使得全军动摇，溃散，覆没……面对这种可怕的"圣战"，哲学家阿那克萨戈拉和泰勒斯展开争辩。泰勒斯强调自然的和谐统一，阿那克萨戈拉则强调自然的冲突与暴力。阿那克萨戈拉想让瓶中小人荷蒙库路斯来管辖蚂蚁和小矮人，泰勒斯则告诉荷蒙库路斯说小矮人的末日已到。于是阿那克萨戈拉说道：

▶ 从前我既把地下的一切颂扬，现在我转而求
　助于上苍……[4]

　　他歌颂黑暗的生命冲动，他又求助于光明的理念；他倡导生命的反叛，他又依仗于理性的制裁……矛盾爆发之际，他五体投地，祈求明亮的月神的宽恕。泰勒斯也感到了自然剧变的疯狂，同时他又看见代表最高理念的月神在"悠闲地摆荡，在她的原位上像从前一样"。荷蒙库路斯则称赞自然这种高超的本领是"同时从上又从下，用山造成了这一座高楼大厦"。此时梅菲斯特正在对面的峭壁上攀登，目睹了自然的壮观。他决心探索到底，弄清生命矛盾的起源，看看地狱的熊熊烈火究竟是如何煽起来的。他继续攀登，进入一个洞窟，终于在那里揭开了美与丑的奥秘。
　　海神福尔库斯那奇丑无比的三个女儿蹲在孤寂的黑暗中，带着现实中的审美观进入洞中的梅菲斯特对她们的丑陋一见之下大为吃惊。但很快他就为她们所吸引：

▶ 没有诗人把你们歌颂，真叫我不胜诧异，说
　说看，这是怎么回事，是怎么搞的？你们天
　生丽质实在罕见，竟没有艺术形象加以表
　现！雕刻家的凿子何妨为你们显显身手，不
　应尽找朱诺、帕拉斯、维纳斯之流！[5]

而福尔库阿斯的女儿们回答道:

▶ 在孤寂的黑夜长久沦落，我们三个人从未如

此想过! [6]

这三个"生于黑夜，与黑夜结亲"的女人如同那些狮子们一样，
是处在生命的源头上的超越了美丑的混沌之女，所以她们给了梅菲斯
特一种陌生的感觉，就好像既丑又美，梅菲斯特也由此懂得美生于
丑，丑孕育着美；美是升华，丑是基础。他并且产生了借用她们的形
体进行创造，完成美的历程的想法。却原来在艺术的故乡希腊，美丑
并没有如现时这样人为分裂，和谐与暴力也处在大一统的自然之中。
人面狮、雕头狮和福尔库阿斯的女儿们身上全透出宁静和伟大的气
度，直接展现出生命的底蕴。比起现代人观念中的美来，他们的造型
充满了力量，那是同时拥有两极的永恒之美，理性之美。梅菲斯特决
心将自己改造成福尔库阿斯的女儿的模样，去引诱海伦创造奇迹。这
可以看成他从生命的源头获得力量，去构造艺术的迷宫。

老谋深算而又诡诈多变的魔术师梅菲斯特在希腊国土上终于遇到
了比他更为高超深奥的存在，这就可见艺术层次的无限，向内探索之
无底，并且越往核心部分深入，越能看到人性冲突的残酷，看到意识
与冲力之间的纠缠与突破，看到美与丑、爱与仇之间的奇怪结构。具
有如此丰富的心灵的艺术家，其探索的每一步均是向着善和美、向着
高贵人性的迈进。只因为他是如此的对人性着迷，向往着永恒的理
想。如同浮士德在世俗生活中永远不会满足一样，艺术家向灵界的深
入也永远不会停止。

注：

（1）《歌德文集》第一卷，绿原译，人民文学出版社 1999 年版，第 300 页。
（2）同上，第 301 页。
（3）同上，第 303 页。
（4）同上，第 309 页。
（5）同上，第 311 页。
（6）同上，第 311 页。

海伦的模式

　　以"混沌之女"的丑陋外貌出现的福尔库阿斯（梅菲斯特扮），决心要运用自己从灵界深处所获得的原始之力，在希腊美女海伦身上做一个大胆的试验，当然此举也是为了浮士德精神上的成长。这个试验的实质就是让那疯狂热情的昔日美女的个性继续分裂，在分裂中去成就伟大的爱的事业。要达到这个，首先就必须让海伦战胜自己已有的关于美的观念，来一次同"丑"结合的堕落。而福尔库阿斯自己，就是丑的化身，她实际上也是海伦内心深处那不可遏制的邪恶欲望，在从前岁月里导致她创造一系列爱情奇迹的根源。为使海伦达到那种有意识的堕落，福尔库阿斯使出了浑身解数勾引她。当然这位优秀的女人也是心领神会，顺从勾引者闯进了另外的新天地。福尔库阿斯和海伦的这种关系表明了美丑是如何的不可分，也表明了最美的事物的基础必定是最丑的，丑是生命力，美是对这生命力的意识。孕育海伦那美艳迷人的风度的，正是她灵魂深处永远渴求着的福尔库阿斯。

　　海伦一出场，就企图保持一种淑女式的美，她似乎停留在这种高贵的观念之美里，容不得半点下贱。她还将自己从前种种的恶行全当作一场梦。她之所以这个样子，是因为她隐隐感到了死神的威胁：

▶ ……不朽的神灵为我注定了模棱两可的名誉
　　和命运，它们是美色靠不住的同路人，甚至
　　就在这道门槛上扶持我，都露出了阴沉的威
　　胁的神情。[1]

死神就是她即将到来的丈夫，美的命运是做牺牲。海伦不愿死，也不完全相信自己已经死到临头，像一切活人一样，她仍对死（丈夫）存有幻想。她的真实处境要由福尔库阿斯来为她展示、启蒙。人同命运的这种结构充分显示出人的意识对于生命力的依赖，表层的理性必须不断借助生命力来更新自己。福尔库阿斯告诉海伦说，她已经无路可逃了，如果她还想保持淑女风度的话，就只好乖乖地被那冷酷的丈夫残杀。

▶ 美是不可分割的；全部占有她的人，宁愿把
   她毁掉，也绝不会同任何人分享。(2)

▶ 你可听见号角在回响，兵器在闪光？(3)

福尔库阿斯实际上也是在向海伦进行死亡意识的启蒙，揭示死亡也就是挑起她重新尝试生活的情欲，促使她拼死一搏，向那混沌中的绝境闯入。她们终于到达这种境地：

▶ 哦我们欣然前往／脚步匆忙／身后是死亡／
   前面却是／高筑要塞的／不可接近的城墙。(4)

风华依旧，生命力极其旺盛的海伦，就这样一步一步在福尔库阿斯的引诱和教唆之下，既遵循理性，又符合本能地开始了新的生活的追求。在这个时候，她已朦胧地认出了眼前的福尔库阿斯，凭直觉感到了她就是自己心中一贯发号施令的魔鬼，她一直听从她，现在也仍然必须听从她。按她说的去做，前面就是冒险、激情、生命力的勃发，以及没完没了的堕落；违反她，则是恐怖、虚无和死亡。海伦选择了前者。

▶ 这是宫廷？还是深深的墓道？怎么说都很可
怕！姊妹们，唉，我们被关起来了，到底还
是被关起来了。⁽⁵⁾

　　然而只是虚惊一场。每个人在获得新生前，都要经历绝望的死亡
表演。海伦一行人凭借原始蛮力于无路之中往前闯，闯进了"异想天
开"的中世纪城堡。

　　象征了美的最高理念的海伦，其内在的沸腾的野性之力，全靠福
尔库阿斯来启动。福尔库阿斯的作用就是不断地用异质的、不安的躁
动去突破已有的美的观念，让美时时更新，让美同丑相结合，而不是
人为地将其分离于丑之外，形成僵化。要达到这一点，福尔库阿斯就
必须具有一种特异的眼光，同时既看到美也看到丑，将二者看作一个
东西。如同先前她从混沌之女和人面狮们身上发现了伟大的空灵之美
一样，现在她又从海伦身上看到了那种原始蛮力之丑，二者是互生互
长、相互转化的。于是她极力挑拨海伦，让海伦意识到自己内面的
丑，并通过将这丑发挥到顶点的方式，来达到美的升华。生性淫荡的
海伦，就是这样倾听着内心原始的呼唤，凭直觉也凭理性走完了美的
历程。海伦的模式便是一切美所诞生的模式。不从底层的肮脏的生命
中吸取营养，美就要凋零，所以海伦的一生也是"恶"的一生，由她
所激发的男人们的色欲，更是将世界搅得天昏地黑。作者将崇高理性
赋予海伦之美，这美即成了永恒。深层次的理性从何而来呢？当然是
来自福尔库阿斯，到过灵界原始地带的梅菲斯特，不但从那里盗来了
古老的冲动，也同时获取了对于这冲动的自我意识。这两个东西，一
个是另一个的影子，合在一起就成了美的造型，发展起来就成了海伦
模式。冲动与意识同在也就是生与死同在，只要美在实现的过程中，
死亡就总是伴随。所以每当海伦与浮士德的爱达到高潮，海伦丈夫的

巨大阴影就遮蔽了天空。没有任何缓解，也不存在侥幸，唯一的办法就是不看它，暂时忘记它，抓紧每一瞬间生存，把属于自己的东西深深体会。寄托了作者理想的海伦，天生就是艺术的模特，但唯有伟大的心灵，才能将那古老的模型注入充盈的艺术生命力。

注：

（1）《歌德文集》第一卷，绿原译，人民文学出版社 1999 年版，第 329 页。
（2）同上，第 346—347 页。
（3）同上，第 346—347 页。
（4）同上，第 347 页。
（5）同上，第 349 页。

诗性精神

　　皇宫中举行了一场狂欢的化装舞会，所表演的是人性的现状，以及诗性精神诞生的过程。关于人性的现状，报幕人在舞会一开始就唱道：

> ▶ 皇上首先伏在神圣的脚下，把统治大权求
> 讨，等他去领取皇冠时，又为我们带回了丑
> 角帽。现在我们都成了刚出世的宝宝；一个
> 个饱经世故，竟把小帽儿洋洋得意往脑袋、
> 耳朵上套；小帽儿使他们活像可笑的白痴，
> 尽管戴它的人精明得不得了。(1)

　　首先出场的是灵魂深处欲望的化身，赤裸裸的生命的渴望以各种方式展示自己，女园丁们、各式花朵、有女儿待嫁的母亲、粗鲁的樵夫、醉汉、丑角、食客，等等，全都急煎煎地要抓住生活、享受生活，恨不得马上达到纵欲的狂欢。在冲动高涨的时分，诗人所代表的死亡意识就出现了，这种意识紧紧伴随生命，人便开始了反省的历程：

> ▶ 区区诗人何所嗜？各位不妨听端详。人人厌
> 闻糟心事，我倒很想说了唱。(2)

　　反省引出的是人性的内在机制。先是美惠三女神出场，她们要求人永远不要放弃对于美的形式的追求。接着命运三女神出来告诫人

说，人的生命是一种偶然，但却受到必然的牵制，人尽管可以放任自己的冲动，制约的机制却一刻也不会放松，寻欢者将受制裁，纵欲者将进墓坑。装扮成鸽子的毒蛇——复仇三女神则将她们如何折磨人、惩罚人的行径生动地描述。这时，作为理性整体象征的大怪物过来了，这怪物"背负着高塔般的重担，沿着崎岖小路一步步不知疲倦地向前蹒跚"[3]。理性虽笨拙，但它终将获胜，因为在高塔的尖顶，胜利女神正展开轻盈、宽阔的翅翼。正当理性前行时，自我意识中直觉的否定的丑八怪过来了，他要与胜利女神抗衡，他虽被报幕人的魔杖击成两半，却仍然像鬼魅似的在人群中捣乱不休，弄得人不得安宁，而且这种不安无孔不入、莫名其妙、无从解释。自我意识的躁动必将导致诗性精神的出现，于是没有实体的御车少年驾着没有实体的豪华车辆过来了，上面还坐着挑起欲望的财神普路托斯。诗性精神诞生于人的生命的躁动，诞生于欲望和意识的交战之中，它是人对生命的最高认识，有了它，人性的表演才成为了可能，欲望才有了正确的出路。

整个过程的顺序是这样的：由生命的狂欢纵欲达到诗意的反省，在反省中认清人的处境，达到理性认识；理性又为出自生命的直觉所否定，化为更深层次的自我意识；最后又由深层意识引出纯粹的诗性精神，用诗的境界作背景，让人重演人生的追求。

注：

（1）《歌德文集》第一卷，绿原译，人民文学出版社1999年版，第222页。
（2）同上，第231页。
（3）同上，第238页。

欲望的火焰

▶ 对于同虚无相对立的这个什么，这个粗笨的
　世界，我再怎么动手也无可奈何，哪怕波
　浪、暴风、地震、火灾都没有用……我已经
　埋葬了许许多多，可仍不断有新鲜血液在运
　行！再这样下去，简直要发疯！从空中，从
　水下，从地里，迸发出胚芽几千种，不管是
　在干燥、潮湿、温暖、寒冷之中！要不是我
　为自己保留了火焰，我便毫无绝招可言。

　　　　　　　　　　　　　　　　——梅菲斯特[1]

　　既然如此痛恨生命中的一切，恨不得将生命迸发出来的恶的胚芽
通通消灭，甚至恨不得消灭生命本身，又为什么还要庆幸自己保留了
邪恶的欲望的火焰呢？这是梅菲斯特的矛盾，也是一切艺术家的矛
盾。却原来产生恶与产生善的源头是一个，作恶到了极点的人，灵魂
中复仇的渴望也到了极点，这种欲望会燃烧，烧起来就会毁掉一切
恶，然后在废墟上重新开始……梅菲斯特这个"混沌之子"为了给浮
士德启蒙，策划了好多次这同一个矛盾的演进。

　　玛加蕾特这朵盛开的生命之花，纯洁之花，为了自己的欲望不顾
一切地投入爱情，最后犯下了累累罪恶，终于要以死来拯救自身。在
临刑的日子里，她心中燃烧的也就是这种火焰。她同梅菲斯特的区别
在于：梅要毁灭的只是生命中的恶，或者说用理性的火让恶转化成善；
而她则是连生命本体都消灭了，将希望寄托于"来世"。

这同一个模式也适用于海伦与浮士德的关系。"恶贯满盈"的海伦绝非没有理性，她是那种追求生命极致的典型，可说是对自己做下的一切都心中有数。这位威严的女王即使犯罪也是那么高贵，她肯定也如同梅菲斯特那样"已经埋葬了许许多多"，她胸中的熊熊烈火是欲火也是圣火，当罪恶到了被埋葬的时候，欲望也就烧成了虚无。

　　梅菲斯特的绝招也适用于皇帝的例子，在皇宫的恶行还未到极致时，梅菲斯特一直在怂恿皇帝继续作恶，要等到最后关头他才会使出绝招。绝招就是圣战，在理性的指导之下进行"恶"的大战，让火焰把恶烧毁，达成新一轮平衡。

　　说到浮士德自身，梅菲斯特早就洞悉了他的本性，知道他的本性一旦被刺激放开，就会接连作恶，他也知道他作恶之后深层的意识会燃起火焰，这火焰会烧掉他的旧我，使他一轮又一轮地脱胎换骨。既然知道这一切，梅菲斯特的工作就只是逼着赶着浮士德去发挥自己的欲望了，因为欲望一发挥出来，火焰就会煽起，彻底的复仇就会导致灵魂的彻悟。如果人为了谨慎和胆小不敢作恶的话，他也不可能获得透彻的理性认识；那从未作过恶的正人君子，必定是生命力萎缩的、苍白的、病态的人，这样的人既不对认识感兴趣，也没有能力获得自我意识。一切取决于生命力的能量。欲望的火焰就是理性的火焰，二者是同一的，也是同时而至的，人性的这种巧妙结构使得精神有可能以肉体为依据而发展壮大。梅菲斯特的绝招出自人性的根本，因而屡试不爽。

注：

(1)《歌德文集》第一卷，绿原译，人民文学出版社1999年版，第42页。

灵魂结构

在《浮士德》中，灵魂以立体的形式向内延伸，在这个结构内它又分为三个层次。第一个层次（也就是表面层次）由浮士德本人体现，他的矛盾的内心生活，他的悲欢离合，他的不由自主的追求等等就在这个层面上展开。第二个层次属于梅菲斯特，梅的矛盾体现为皇宫中的对立，魔鬼山上精灵们同老学究们的对立等等，女巫所在的炼丹房，则是种促使矛盾爆发的机制。梅菲斯特可以控制第一个层次，在第二个层次中，他是策划者和展示者。第三个层次则显现为古老的希腊风景，以及地底的母亲们的风景。第三个层次的风景是最为深奥的，连梅菲斯特都不能马上把握，而是需要一个转折性的适应。希腊风景中的主体是人面狮们和雕头狮们，美人鸟们，还有山洞里福尔库阿斯的女儿们等等，它们的古老令梅菲斯特吃惊，在它们身上，美与丑、生与死是直接统一的，令人所习惯了的那种区分对它们不起作用。而地底的母亲们则是实体分离出来的影子，虽无实体，却能达到存在的永恒。灵魂的这些层次以及对这些层次的丰富饱满的描绘，令人信服地展示了浮士德身上那种异质的力量的来源，让读者看到了人性机制启动的立体风景。

浮士德在人生的转折点上陷入了要不要活下去的痛苦的内心折磨，他过着人格分裂的生活，内在的生命力得不到发挥，终日被淹没在理解他人观念的枯燥繁琐之中，却从未创造过什么，而他对这种生活不甘心，决心改变局面。在这个灵魂矛盾的第一层面上，他同他的艺术自我相遇了。从地下钻出来的梅菲斯特就是浮士德那出了窍的灵魂，他的模样既令浮士德吃惊又令他感到似曾相识，于是自然而然地，浮士德开始听他的将令。他以浮士德所不习惯的果断、冷酷和专横，激发着浮士德，带领他在人生中一边冲撞一边体验，从而将他的理性一步步提升。但是这个属于灵魂第二层面的梅菲斯特，自己也是一个矛盾，一个分裂的统一体，这不仅表现在他对浮士德的态度上（参看《梅菲斯特为什么要打那两个赌？》），而且也由这个层次的风景作了很好的描绘。皇帝就是这个层面上的理性，表面上，他的王国淫欲泛滥，他自己什么也干不了，反倒让人的兽性主宰了一切。但梅菲斯特自有妙法，他使理性与欲望之间展开圣战，通过神秘的方法得胜，达到暂时的平衡，促使矛盾提升到一个高级阶段。他所策划的战争给读者一种悠久的历史感，让人透过硝烟看到了几千年的沧桑。布罗肯山上那些粗野的精灵们则是第二层面上的欲望，它们人数众多，在地狱里拥挤着、奔跑着，一心想要抢在别人之前向上飞升，到尘世上去作恶。这些精灵们天不怕地不怕，好像谁都管不住它们。但被撒在一旁的委屈的理性（尾脊幻视者）却暗示着欲望的运作还是有某种规律的，只不过这个规律人不能一劳永逸地掌握而已。规律或生命的律动属于谁的范畴？仍然是属于篝火边那几个愤世嫉俗的怪人，也属于尾脊幻视者。他们的义务不是指挥、控制，他们的义务仅仅只是倾听、认识欲望，并在这当中自娱。但认识本身就是一种致命的否定的力量，它不能消灭冲动，却可导致冲动的方向、形式不断变化，梅菲斯特因而得以永葆青春。所以说梅菲斯特是"否定的精灵"，这有两方面的意义：一方面，生命本身以恶的否定的形式，摧毁一切向善的努力；另一方面，严厉的深层次的意识将一切生的欲望一概加以否定，为的是达到更高层次的善。灵魂的第二层次又反映了第一层次的矛盾演化，并总可在第一层次里找到对应的意象。在剧中，这两个层次总是穿插出现，给人身临其境的感觉。比如浮士德同玛加蕾特的热恋，就是典型的将理性抛在一边，执着于魔鬼般的冲动的过程，其间他也有过几次自省，但这些自省正如尾脊幻视者一样无力，青春的生命力太蓬勃、太狂妄了。不过尾脊幻视者虽表面软弱，却是有神通的，他的超人的意志终将把浮士德的追求弄成一个圆的轨迹，魔鬼山上浮士德的彻底反省和后来的自觉承担就是他的意志在起作用。当梅菲斯特怀着古怪的意图故意贬低皇帝时，浮士德就忍不住要为他辩护，因为他很久以前就看出了皇帝向善的本性，因而相信这样一个人是不会以恶为自己生活的全部的。浮士德为皇帝辩护也就是为自己内面那快要诞生的新理性辩护，于是他不由自主地卷进了那场荒谬的圣战，并顺从圣战的特殊规律获得了胜利。他们同皇帝一起打赢的这场战争就是浮士德同海伦那场生死恋的投影。由于抱定了善的信念，不论推动战争的欲望多么卑贱（参看闹得凶、捞得快、抓得紧这三个人的表演），人也是胜券在握。虽然这胜利成果马上又被化解，人又陷入更紧张的矛盾中。同样，浮士德与海伦的关系中，不论双方的动机多么违反道德，多么利己主义（一个是背叛丈夫与人通奸，一个是勾引他人之妻），两人之间爆发的纯洁的爱情终究会获胜。虽然爱的结果是矛盾紧张化导致破裂，最后一切化为了一场空。这其实也是冲动带来的认识暂告一段落，浮士德同那位皇帝一样，又进入了更高的理性境界。在作者的作品里，灵魂中这两个层面的演出如同博尔赫斯描写过的两幕剧一样，以不同的形式表演着同一件事，前台与后台，内与外，天衣无缝地构成了剧中剧，而观众，需要极其敏锐的感觉，才能窥破其间的奥秘。

　　第三个层次的风景更为难以理解。作者选择了古希腊这块人性发源的土地作为表演的舞台。也许是人同自己灵魂深处的自我已经久违了的缘故，这个层面上的精灵比梅菲斯特层面上的更觉突兀、深奥。那些古风十足的狮子们丑得"叫人胆战心惊"，它们说话粗野，动不动就对梅菲斯特咆哮，因为它们瞧不起当代人的猥琐。但梅菲斯特很快就发现了它们的美，并陶醉在这伟大优美的氛围之中。他感叹道：

▶ 流星交射，缺月生辉，在这称心的地方真是
写意，我想就你的狮皮暖和一下自己。离开
这儿上天去，实在是太亏……(1)

　　相反，一眼看去仪表优美、声音悦耳迷人的美人鸟，却随时会露
出凶相，要人的命。并不是它们伪装自己，而是人不习惯真实的自
我。如果人要领悟真正的希腊精神，就得像梅菲斯特那样美丑善恶两
极同时收进自己的内心，既看到灿烂的光，也看到浓黑的影。第三个
层次里的精灵，全都是那种集邪恶与高贵于一身的古代幽灵。那么这
些幽灵又是如何样统治自己的内心，使自己具有"伟大、优异的风
度"的呢？剧中接着向观众展示了血腥的杀戮和野蛮的奴役。能够将
如此极端的对立与冲突统一于一体的灵魂内部，必然会有更为残酷可
怕的铁腕机制在运作。这个机制是由小矮人、蚂蚁、大元帅和狮子们
组成的，它们的暴行令人发指，用杀戮的手段来解决矛盾是它们的家
常便饭。除了杀戮，众多的下级们还得终年在无尽头的苦役中煎熬、
呻吟。奇怪的是这种苦役又正是它们所盼望的、唯一的存活方式。大
元帅组织的杀戮行为终于激起了反抗，乌云似的鹤群从天空扑下来，
向这支部队讨还血债，它们的攻击使得大元帅的军队全军覆灭。这是
一次生命向强横的理性进行讨伐的战争。表面上理性完蛋了，但只要
抬头看看威严的月神路娜，她的从容的风度，就知道一种更高的理性
仍然在统治，也许她是新诞生的，也许本来就在那里。模样恐怖的福
尔库阿斯的女儿们也是同狮子们处在同一层次的精灵，因为缺乏对
比，她们从来不知道自己是美还是丑，她们在黑蒙蒙的洞窟里蹲了几
千年，从未受到外界的污染。梅菲斯特看出了这几位混沌之女身上的
高贵的空灵之美，觉得任何尘世的美同她们相比都要逊色，这种美深
深地打动了他，使他打定主意要借用她们那世俗眼光看来丑陋至极的

外形，去唤起希腊美女海伦心中的原始欲望。后来发生的事说明海伦也从这丑陋的形象中认出了自己的本质，从而使梅菲斯特的计谋得逞。令海伦与福尔库阿斯发生共鸣的，毫无疑问是她们那同一古老的血统。除了希腊风景之外，地底的母亲们的虚幻飘浮的风景也属第三个层次，梅菲斯特本人一定也常去那种地方吸取力量。母亲们就是从肉体中分离出来的纯精神，她们连实体都没有，却可以在那不为人知的地方永恒地存活下去。这种事虽离奇，却已构成了历史。艺术、哲学和宗教都证实了这种历史的存在。浮士德在地底究竟看到了什么是不能清楚叙述出来的，只有通往那种地方的历程令他刻骨铭心，他所能表达的也就是这个历程。灵魂之所以会出现这第三个层次的风景，是因为浮士德要进行更为辉煌的生存，他同海伦的结合，结合破裂后仍然自强不息直到老年，以及老年最后的英雄壮举，都是与这个层次的风景吻合的。精神越发展到高级阶段，灵魂深处的革命越激烈。到了最后阶段，理性的折磨甚至将浮士德的双眼都弄瞎了，但他的选择仍然是以对抗的姿态活下去，活到最后一刻，直到时间本身战胜他。然而临死前的那一刻他仍然是个胜利者，也许在那一刻他还同他日夜渴望的母亲们会合了呢。第三个层次的原始风景并不是人人都能看见的，那是人类灵魂的故乡，只有对于那些最大胆最真诚的探索者来说，它才是存在的。作者将他亲历的事件告诉了读者，但读者的脑海中并不能马上再现那种风景，他必须同样经过一段艰苦的历程才能到达那里，他所看到的肯定也同作者不一样，但这就是人类精神史得以构成的方式——以数不清的版本再现同一件事。

　　向内延伸的道路原来就是通往历史的道路，人在那神为他指引的无路之路上走得越远，眼前的风景就越宽广，最后终于会达到无限。浮士德在他的精神发生危机的关头，本能地从自身内面唤出那个可怕的地灵，从此开始了漫长的求索。这也类似于一种倒退似的进程，他的目标，似乎是人性刚刚成形时的风景，唯一不同的只是在于这个进入原始风景的人是一个具有自我意识的人。原始的风景本来是无所谓善恶美丑的，是人的自我意识将那种伟大的东西赋予了它们，正因为如此，源头与终点原来是一个。

注：

（1）《歌德文集》第一卷，绿原译，人民文学出版社 1999 年版，第 289 页。

升华

▶ 如有强大的精神力／把各种元素／在体内凑在
一起／没有天使／能够拆开／这合二而一的双
重体／只有永恒的爱／才能使二者分离。[1]

　　这是在灵魂升天的场景中天使们所唱的歌。人性是一种非常奇怪的东西，善和恶、美和丑、残暴和温柔、冷酷和热情，这些对立的东西在它内部都是不可分的，所以人只能沉沦于深深的地狱。身处地狱中的人梦想的是天堂，所以上帝就给了人一种希望，让人通过爱从自己的肉体分离出灵魂，让这灵魂超升。那么什么是艺术境界里的永恒的爱呢？那是一种对于人性的信念，怀有这种信念的人对于自己在尘世中的所作所为便会有种衡量的标准。这个标准变成了人的自我意识，人就对自己身上的兽性有了一种制约。但这种制约本身又受制于兽性的冲动。所以"合二而一"的双重体是无法分离出来的，双方永远处在激烈的交战之中，战火硝烟，你死我活，人似乎只能住在地狱里。然而当一个有信念的人在地狱中挣扎之际，他却逼真地看到了天堂的微光在他上方闪烁，而他的体内，的确有某种东西正冉冉上升与上方的光芒会合！这是上帝为他安排的生存方式，他内心充满了感激。第二部的最后一幕表演的就是灵魂升天的过程。

　　那是一个天堂与地狱连接之处，各种层次里散居着圣隐士："爱之幽居在此"。首先再现的是恍惚入神的神父：他在沟壑里飘上飘下，他决心去掉空幻无意义的躯体，让内部的精神裸露。

▶ 箭矢，请将我射透／戈矛，请将我痛殴／棍
棒，请把我打烂／电闪，请把我贯穿／好让
空幻的一切／早早全都消灭……(2)

　　紧随他的是在"深渊里呼号的神父"。这名神父向宇宙通报了天
主的爱，描绘了自然（内心）中最激烈的冲撞与永恒的和谐，及二者
相辅相成的奇异景色。他请求天主给他力量，让他困乏的心点燃爱的
火花。然后天使般的神父出现了，他引导那些未曾体验世俗的夭折的
升天童子向更高的境界飞升。升天过程中要经历尘世的惊险旅途，神
父担心没受过锻炼的童子会害怕，就让他们钻进自己眼中，用他的眼
代替他们看。然后天使般的神父又将他送到更高的地方，让他们在
那里成长。因为他们未经历过尘世的苦难，还没有成为不朽的天使。
途中他们遇到搬运浮士德灵魂的众天使。天使们报告说，是他们将爱
的玫瑰撒到魔鬼身上，使魔鬼感到尖锐痛楚，他们才乘机抢走了灵
魂。那种交战的瞬间实际上是两极相通的瞬间，也是善被从恶（肉体）
中释放出来的瞬间。升天童子剥下浮士德灵魂的"茧壳"，使他可以
往更高处飞升。这时崇拜圣母的博士出现在山的最高、最洁净的石窟
里，博士歌颂着圣母，同时也歌颂着悔罪女，接着荣光圣母就飘然而
至，包括格蕾琴在内的悔罪女围绕着她。充满了爱心的悔罪女于是被
善与美的象征圣母提升到了永恒。格蕾琴惊喜交加地看见了往日情人
的灵魂，他们终于在天堂会合了。格蕾琴唱道：

▶ 看吧！他已挣脱旧日躯壳／在尘世的各种桎
梏／并从灵气的微妙罩袍／将最初的青春之
力显出／请允许我将他指点／新的白昼还使
他目眩。(3)

虽然浮士德生前对天堂的事并无兴趣，但两种生存的异道同归，还有天使们对他的灵肉的描绘，表明了浮士德理想追求的价值。最后的神秘合唱指出生的本质是虚无，追求的价值已在过程中实现，凡在精神上有信念的人都会得到永恒女性的垂顾，得以追随她飞升。

注：

（1）《歌德文集》第一卷，绿原译，人民文学出版社 1999 年版，第 446—447 页。
（2）同上，第 442 页。
（3）同上，第 452 页。

什么促使作者写下了《浮士德》？

读者将剧本全部阅读完毕之时，一个巨大的问题将萦绕在他的脑际：究竟是什么促使作者写下了《浮士德》？人性中那种根源性的冲动又是怎么回事？这种冲动是如何贯穿到"事件"中去的？梅菲斯特的解释是理解整个作品的核心：

▶ 如果人这个愚蠢的小宇宙惯于把自己当作整体，我便是部分的部分，那部分最初本是一切，即黑暗的部分，它产生了光，而骄傲的光却要同母亲黑夜争夺古老的品级，争夺空间。但它总没有成功，因为它再怎样努力，总是紧紧附着在各种物体上面。光从物体流出来，使物体变得美丽，可又有一个物体阻碍了它的去路……[1]

黑暗是生命本体，理性之光是人性之光。当那黑暗的生命力咆哮着试图毁掉一切的时候，幸运的人类就在这黑暗最深处孕育了光。那是怎样一种奇景啊！鲜明的对称、你死我活的争夺、永恒不破的依存与制约，一个从另一个生出，后生者却要否定母体！自生命中产生光以来，追寻这光就成了人生的唯一目标。作者写下这鸿篇巨制的宗旨，便是用理性之光来照亮人心最幽深处的风景。在那种地方，光决定一切，而一切的一切又归结于光由之生出的、伟大的不可遏制的律动。有各种各样的文学，其中最深邃的那一族选择了以艺术自身为探索的领域，这样的文学必然会要进入原始的生命之谜。永不停息的扭斗；雄强而邪恶的破坏；从那被毁的废墟上出乎意料地生长出的透明的大厦；这种魔法本身就是艺术家生命爆发出的奇迹。在创造中渐渐精通了魔术的作者明白了：他唯一要做的，便是敞开心扉，让携带着光明的直觉向那古老昏暗的内核突进；越是看不明、分不清的不可思议的事物，便越同光的源泉靠近，在现世从未有过的东西才是来自真理的故乡。于是，在这种直觉的眼睛里，自然界（灵界的代名词）里的一切都变成了谜中之谜，从高山峻岭到一株柔弱的小草，没有什么事物是可以穷尽的。昨天古老常套的爱情故事演绎成今天惊心动魄的精神历程，颓败的书斋里孕育出光芒四射的晶体人；远古时代的幽灵显身，演出泣鬼神的现代创造悲剧；腐朽不堪的世俗皇宫，转化成精神战斗的大本营……人与神的界限被抹去，灵魂不用再升天，直接就在尘世进入天堂的故事。

追求光的历程就是进入艺术生存的境界——一种被堵死了后路的、不断爆发创造的境界。自从人从那蒙昧的黑夜里看见它以来，它就成了他面前唯一的选择。走上这条路的人心里怀着要成为神的疯狂念头，他"愿为之献身的，是销魂的境界，是最痛苦的赏玩，是被迷恋的憎恨，是令人心旷神怡的厌烦"⁽²⁾。简言之，人要成为"大我"，要成为穷尽精神体验的神。但梅菲斯特告诫人（浮士德）：

▶ 我把这份粗粮啃了几千年，请相信我，从摇篮
到棺架，没有人消化得了这块老面！请相信我
们中间的一个：这个整体只是为神而设！⁽³⁾

人只能隔着距离去追求，他永远是部分，不可能真正成为神，神才是全部，这个令人痛苦的现实是先验的。但浮士德用一声惊天动地的"我愿意！"表明了心迹，将这个理想追求的模式构成。梅菲斯特

又告诉他，必须用自己的行动来塑造自己，这样才"你是什么——终归会是什么"。一切都要从无开始，从倾听那黑暗中的律动的声响开始……

由创造构成的追求，将已有的生命的形式全部无情地加以否定，仅仅只向着那从未存在过的东西发起冲击，由此便产生了一幅一幅难以理解的奇异画面。浮士德同古代的美女海伦的结合，以及他俩生下的、更为不可思议的小孩欧福里翁；荒诞的欲望皇宫，被糟蹋被制约的最高理性，以及这理性如何样在摇摇欲坠中重新奋起，通过一场更为荒诞的圣战再次获得新生；象征深层理性的地狱里的小矮人的悲惨处境，他们永不停息的不懈的努力，灵界深处永恒不变的对生命的讨伐；淫欲泛滥的魔鬼山上群魔乱舞，但仍有理性在特殊的机制中发挥作用；古希腊的土地上到处是混沌之子，它们身上洋溢着刺目的风度，那是粗野与高贵、美与丑的直接同一；浮士德开辟的异想天开的王国里发生的凄惨事，他的更为凄惨的、别出心裁的死亡等等，所有这一切全都指向那种只在"说"当中体现的神奇境界。对于根源的纵深探索使作者获得了一种崭新的形式感，这形式感指向人性的原型，于是作者将一切可能的事物都按照这个原型重新创造了一遍。这种说法似乎很矛盾：既然有模型，怎么能称为创造？奇妙之处就在于这个"原型"不是一个现存的、摆在人面前的东西，或者说它根本不存在，它只会随人的生命的冲动、人的无中生有的创造而逐步呈现，所以创造依据的"原型"实际上是"无"，是严厉的理性扫清一切世俗干扰，为生命自由表演让出舞台的结果。这样的艺术可以有无穷无尽的不同形式，只有具有与作者同样的眼光的人可以看出这些各展风姿的版本若隐若现地透露出它们来自同一个抽象的"模式"，那是最原始的人性结构，也是纯艺术的源头。艺术家要表现的，就是人自从作为人在宇宙间生存以来，他身上那种与生俱来的二重性，或者说生与死、有与无、冲动同意识、美与丑、犯罪与自审等等这种根本的矛盾，究竟是如何样推动人性向前发展的。深入到这个层次的艺术家看到，以"丑"为自身形态的生命一开始就内含着意识，这否定性的意识就是美感，当人意识到了生命而赞美生命之际，他的出发点其实是嵌在生命中的精神所追求的合理性，而作为实体的肉身，则不停地遭"嫌弃"，因为在赞美的那一瞬间，肉体就已经过时了，又得脱胎换骨。所以这种赞歌又是咒语，逼得人不断摒弃旧我，创造新我，就如梅菲斯特迫使浮士德所做的那样。这是一种极其困难的游戏，人做这种精神游戏时，要让自身彻底消失，变成一股连气体都算不上的"东西"，然后从这股看不见的力里面再生出一切。就这样，作者用高级而惊险的技巧，一次次在读者面前呈现出精神创世的伟大场面，并以幽默豁达的胸怀，显示出精神的品位。读者将明白，人的根源的冲动同那深深地嵌在肉体里的不朽的否定精神原来是一个东西，人，之所以能区别于动物，就是因为他是为了理想而活的。来自魔鬼山布罗肯的冲动也就是来自布罗肯的反省，人如果失去了反省的能力，生命的冲动也就渐渐衰竭，人如果冲动不够也就达不到彻底的反省。与此同时，这两个方面又是时刻绞扭在一起进行殊死搏斗的：光要扼制黑暗，黑暗企图吞没光。先有黑暗还是先有光？先有冲动还是先有理性？就矛盾形成来说两方是同时到达的。那么谁更深？谁又是决定性的？答案仍然模棱两可。作者借天使的口说道：

▶ 如有强大的精神力／把各种元素／在体内凑
　在一起／没有天使／能够拆开／这合二而一
　的双重体……[4]

　　整篇《浮士德》就是在目不转睛地凝视这人性的奇观当中写下的，作者不是要说明，他只是要创造，只有在创造中，神秘的美的模式才会反复再现。这种特殊的凭空创造就是作者的动机，其呈现的模式则是生命律动的透明模式。作者为了对生命追根究底便选择了这种有点神秘的方式——唤起灵魂深处的幽灵，让它们控制住书写的笔，营造出从未有过的氛围，让幽灵在照亮人类记忆冥河之际也照亮自身。

真的有那样一条黑暗的河存在于人类史上，它在深而又深的地壳下面，对它的描绘是一代又一代最敏感的艺术家们的终生夙愿。作者就是这支天才队伍中的一员。历经六十年酝酿的《浮士德》所怀的野心，便是要将根源的世界和支配这个世界的不可捉摸的机制一层一层地展示于读者面前。实际上，这是一项看不到目标和终点的工作。作者将自己在冥河中的探险借浮士德的口这样说：

▶ 哦母亲们——让我凭借你们的名义吧！——
你们登极于无边无际之中，永远孤居独处，
却又和蔼亲切。在你们头顶周围，飘浮着生
命的种种形象，并没有生命，却活泼敏捷。
凡在所有光彩与假象中存在过的，仍然在那
儿活动着；因为它们希望千古不灭。于是，
万能的母亲啊，你们便将它们分摊给白昼的
天篷，给黑夜的穹隆。它们有一些走上了吉
利的生命之途，另一些则只有大胆的魔术师
才能探访……[5]

作者就是那位大胆的魔术师，他历尽艰辛到达了原始记忆所在地——精神母亲现身的处所，他看见了人所无法看见的千古不灭的景象。他身揣发光的钥匙像一只萤火虫一样，一闪一闪地将那永恒不破的黑夜照亮。也许那河直到今天仍然静静地、不为人知地存在着，但陌生的来客不是的确已经拜访过它了吗？反过来说，河就是依靠天才而得以存在的。百年一次的拜访激活了它的河水，使它不至于从人的宇宙里消失。这样看起来，《浮士德》的野心不是要写一般意义上的艺术，它要写的是艺术史，或者说，它要将那个由天才们一段一段写下的历史作一个全面的观照与凸现。这种特殊的、隐蔽的历史的书写就同历史本身一样是不可思议的，它彻底排除表面的理性，只借助于灵魂深处爆发的创造力与直觉，而每经一次爆发，直觉便发展为更高的新理性。就这样无规则可循地一轮一轮向内深入。而书写的主体在这个过程中无时无刻不为否定精神和虚无感折磨。"我的幸运可不在于麻木不仁，毛骨悚然才是人情最好的一部分……"⁽⁶⁾ 追求毛骨悚然的感觉就是主动进入这个不可思议的历史，在恐怖惊险的承前启后的运作中获得自由的灵魂。为难以名状的痛苦冲动所驱使的这位艺术家，就这样怀着模糊的预感，一头扎进那无路、无光、无意义的处所，以充足的底气完成了对真理的探访，为我们带回了这部不朽的《浮士德》。他曾经看见的，也许永远讲不出来了，能讲出来的只是心的体验，但那河，不就是存在于许许多多的天才的体验当中吗？这是一切的钥匙，获得这片钥匙的后人可以再次闯到他去过的地方，将真理重新体验。

在这个剧的始终，宗教的情怀紧紧地纠缠着不信教的作者。也许从一开始，作者想要做的就是建立起一种同宗教具有同样高的境界的，却更符合人性的博大理想。这个理想的宗旨就是要让人按照人本来的样子去追求自己的生活。但是人本来究竟是什么样子呢？返回起点已经做不到了，何况那起点也并不是人本来的样子，因为这个"本来"不是一个现存的模式，它要靠世俗中的人重新将它凭空创造出来，这就是一件万分复杂的事情了。人要进行这样的创造，就必须脑子里有种绝对的虔诚，有种超脱一切的模糊信念，这种类似宗教的境界，就是人的向善的最高理性，它的存在否定着现有的人生，它来自冲力中的"无"。也许它永远造不出理想化的人生，也许它最终也不过体现为一种企图，一种渴望，但在不懈的努力中，理想模式的结构确实已经在灵魂中呈现，作者的终极目的不就是这个吗？

▶ 世态人情我已看透，彼岸风光再也不作指
望；只有傻子幻想云端有自己的同类，才会
向那边眨眼端详！让他站稳脚跟，环顾一
番！这世界对于能人干将不会沉默寡言。他
又何须逍遥于永恒？他们所认识的一切都可
以抓紧。他不妨这样顺着寿命漫步；幽灵出
现时照样行走不误，前进途中他会遇见痛苦
和幸福，他！任何瞬间他也不会满足。(7)

这就是那个艺术生存的结构。人在尘世间勇敢地行走，遭遇一
切，认识一切，彼岸和终极之美自然而然地在他头脑中出现。他用不
着刻意去祈祷，行动本身就会带来类似忏悔的刻骨铭心的感受。他一
定要抓紧每一个瞬间细细地体味，他一定要将创造当作生活的第一要
义，否则那种崇高的理想人生便不存在。任何的放弃与懈怠都意味着
跌回这个他要否定的人生，同时也意味着灭亡。作者是通过艺术实践
发现他的精神生活的格局的，导致他走上不归路的既是体内压倒一切
的生命力也是那种顽强到不可思议的意志力，也许这就是创世的第一
个"人"身上所应具备的条件，二者缺一不可。生命的冲动在动植物
中更为直接强大，但来自于冲动的意志力却是人所独有的，意志力可
以使人的冲动朝着精神领域转向。靠这种意志力发展起理性王国的艺
术家所达到的境界充满了宗教的氛围，因为宗教和艺术同是人类最高
精神之体现。艺术境界中的人的意志力是种积极的、创造性的意志
力，它不但不阻碍人性发挥，反而激发它；而宗教提倡的那种意志力
往往是被动而退让的，如玛加蕾特的自我惩罚，一种不结果实的、消
极的自戕。梅菲斯特对浮士德的胁迫、压榨，最后迫使其爆发并在爆

发中转换能量，这一切都是为了树立起那个大写的"人"字，为了使不存在的理想存在。这样的宗教，是需要人用行动追求出来的宗教，或者说人一追求，终极之美就现身。人所信仰的是内心深处那股神奇的力，和力当中包含的高贵意志。产生这种信仰是一种再自然、再符合人的本性不过的事，作者通过《浮士德》要将这一点说到底。

《浮士德》中还有一种企图，那就是要将欲望的种种令人眼花缭乱的形态追踪到它的本源，从源头来看它的机制如何启动。请看浮士德同少女玛加蕾特的狂热恋爱是如何在魔鬼山上得到再现的。那是一座发了疯的山，一切表层的理性统统让位于粗野有力的冲动，魔鬼精灵们心中的权威不是现成的理念，而是冲动中产生的某种模糊透明的预感，它也就是尾脊幻视者描绘的那种东西，它使人的追求轨迹变成一个圆圈。当那种预感占了上风之时，飞箭一般射出去的欲望的轨迹就遵循一股拉力渐渐变成弧线，欲望转向，直至回到它的源头。再看欲望皇宫内部的运作。当欲望高涨、淫恶泛滥、理智的堤防快要崩溃之际，拯救的法宝并不是抑制欲望使其就范，而是让欲望在转向中得到更大发挥，使其闯出一个新天地，在认识中建立新理性。梅菲斯特让皇室的官员们认清金钱的虚幻本质，让整个王国自己对自己作战都是为了这种转向，这种向根源的回归。转完这一大圈人才会恍然大悟：坚不可摧的理性来自于永不衰竭的欲望，欲望又有赖于理性得到保持和更新其形式。在梅菲斯特的导演下经受了考验的皇帝，其认识无疑又加深了一层。海伦的例子也是种很好的启示。以爱情为生命的她并非没有理性的"祸水"，在她身上体现出人类永生的理想。对海伦来说，活着就是为了追求爱，活一天就要追求一天。她也尝试过做淑女，但那实在不符合她的本性，她也不需要那种已经过时的、陈腐常套的理性来束缚自己，她内部的旺盛欲望的出路只在于再来一次不顾死活的爱，在爱当中升华出新的理性。爱是她的目的，要达到这个目的，如果她不具备那种敏锐的预感力也是不可能的。所以海伦在事发前说：

▶ 但不管怎么说，我愿意跟你去到城堡；再怎
  么办，我胸有成竹；只是王后这时藏在内心
  深处的隐秘心曲，任何人也猜不透……(8)

她预感到了一切：爱情的短暂，凄惨的下场，彻底的幻灭。但仍
然值得一试！她那艺术的一生，就是以灿烂发光的轨迹不断向圆的终
点接近的一生。瓦格纳则是将自身的欲望全部转化成精神，在分裂的
人格中追求到底的例子。但这样的欲望仍然是属于生命的，只不过显
得有点奇特罢了。沉溺于精神生活，同外界隔绝的他，终于造出了结
晶人，向外界发出了沟通的信息，让自己的精神成果汇入了人类精神
的长河。如果他敌视生命的话，结晶人就完全是多余的产物，而事实
上他却耗费了一生的精力造出了这个必须同生命、同欲望结合的精
灵。他以否定个人生活和欲望的方式，唱出了对生命与欲望的赞歌。
所以被瓦格纳禁锢在玻璃瓶内的荷蒙库路斯的爱情像火一样燃烧。那
也是瓦格纳本人的情欲，他把它全部献给了精神探索，他本人只好终
生生活在象征强大理性的玻璃瓶内。最能说明《浮士德》中解剖欲望
的企图的，是浮士德建立精神家园的那场戏。精力充沛雄心勃勃的浮
士德在海边建起了自己的家园，但这个家园却不是建立在真空，世俗
的入侵使得他的欲望受挫，批判的理性使他陷入痛苦和忧愁的深谷。
问题在于他并不想摆脱世俗——这个欲望的激发点和施展之地，而他
想要建造的家园又带有天堂的性质，于是理性与欲望之间的战斗变得
难解难分。在这种情况下，精神的出路由自发的律动得到解决：人面
对死亡（挖葬坑的响声）像永生那样（把那响声当作胜利号角）行动
到最后，欲望与理性达到终极的统一。可以看出，雄强的野性在理性
的否定之下不是减弱了，而是更狂妄，发挥得更充分了。欧福里翁的

一生是将灵与肉之间的张力拉到极点，在短短的时间内自己完成自己的例子。这个奇异的孩子，一生下来就不甘平庸，虽然属于大地，却时刻梦想挣脱地心的引力，飞向天空。他集粗俗、专横和空灵美妙于一体，体内太过于尖锐的矛盾使他很快走完了一生。他活着的时候，既沉溺于肉体的感受，又向往天堂的超脱，终于内在的冲力摆脱了理性的羁绊，他飞往他所憧憬的天空。但很快摔了下来，因为他仍是大地的孩子。这是一个欲望达到极端的例子，他的每一行动都令旁观者担惊受怕，他自己则是无所畏惧的。他的冲动也许更带猥亵下流的意味，而他的境界如水晶般纯净。

如同莎士比亚写下《哈姆雷特》一样，作者写下《浮士德》同样是出于内心那个快要爆炸的自我矛盾。是艺术创造的力量使他获得了这样一种认识：人的矛盾的根在人的内心，艺术家的一生，就是在这个矛盾中走钢丝进行惊险表演的一生。浮士德在其漫长的一生中，以他罕见的韧性与活力，将这个人性内面的风景以难以企及的高度向世人——做出了展示。作者在创作中还发现，人的灵魂的矛盾有着向内深入的无限层次，只要执着地追索下去，那些层次就会在黑暗中发光，整个人心就会显出玲珑剔透的结构，人在制造奇迹之余也会惊叹于自己本身就是一个奇迹。《浮士德》是艺术彻底向内转向的典范，历经沧桑，精神上自满自足的作者在此时已获得了将自己完完全全从世俗中超拔出来的力量。他看透了世俗生活的虚无本质，知道这无可奈何的生活，全是因了另一种与它并行的生活的存在，才获得自身的意义，他要用自己的一生，来将那另一种隐蔽的生活探讨并向众人也向自己展示，从而让自己也让人们建立起信念：世俗生活并非没有意义，它是一切高级的精神生活的源泉，关键只在于人对于它是否有自觉意识；人类的精神史则绝不是用教条可以解释得了的，只有富于创造性的人才有力量照亮并再现那条黑暗的冥河，而在创造活动中，人的内心的那个矛盾又是决定性的，人要想获得认识，就要像作者一样促使内在的矛盾爆发，并承担由此引起的痛苦、忧虑甚至恐怖。人类只要存在一天，对人性的探索就一天不会中止，人的精神史就是人存在的最高象征。摆在读者面前的这部《浮士德》，是人类永不停息地探索自身奥秘的证明。

注：

（1）《歌德文集》第一卷，绿原译，人民文学出版社 1999 年版，第 41 页。
（2）同上，第 52 页。
（3）同上，第 52 页。
（4）同上，第 446—447 页。
（5）同上，第 264—265 页。
（6）同上，第 259 页。
（7）同上，第 429 页。
（8）同上，第 347 页。

艺术中的历史（代跋）

沙　水

一

　　十年前曾买到范景中译的当代著名的美术史家、美学家贡布里希的名著《艺术发展史》，在叹为观止的同时，又感到一种隐隐的失望。书中所描述的，与其说是艺术本身的"发展史"，不如说是一连串艺术创作的"故事"（该书的英文原名就是 *The Story of Art*，即《艺术的故事》）。大量历史事实、现象、作品和贡氏对这些作品的分析与感受使人读来兴味盎然，但我们永远不会知道，究竟是什么在那里"发展"？当然，我这一问也许多余，当人们沉浸于欣赏时，没有人会关心使他欣赏的东西是什么，它是如何发展来的。人们的历史兴趣顶多会关注像贡布里希所说的那种艺术史："任何一位历史学家，只要他寿命够长，经验过新发生的事情逐渐变成往事的情况，那么对于事情的梗概是怎样随着时间的流逝而变化，就有故事可讲"。[1]但创造艺术的艺术家本人，即使是无意识的，却不能不关心这个问题。因为他所做的，正是致力于这个东西的"发展"，而这个东西不是别的，正是艺术家梦寐以求并视为他自己最内在的"真我"的东西，即艺术灵魂。

　　所以我的问题就可以归结为：在艺术的历史中，艺术灵魂是什么？它是如何发展起来的（或它经历了一些什么样的发展）？当一个画家或雕刻家面对古代的典范时，当一个作家在阅读前人的作品时，除了技术上的考虑（如用色、构图、语言风格等等）外，最重要的就是体会这个东西、推进和发展这个东西。但这也是最难说出来的。于是人们期待哲学家、美学家和文艺理论家帮他说出来。但多少年来，这些聪明人都在说些别的事情。最常见的是，他们否认艺术有严格意义上的"历史"，只承认有在时间中偶然发生的一系列"事件"或"故事"。但他们并不否认，每一时代的艺术家都绝不会再回过头去做前一时代的艺术家已经做过的事，否则他的作品就被视为模仿，是不会在艺术史上留下自己的痕迹的。但这是为什么？如果有一种东西从头至尾在拼命地追求自己的偶然性和差异性，乃至于前所未有性，这就已经是一种必然性和同一性（前后一贯性）了。用"偶然性"来逃避对艺术内部的必然性的探寻，这只不过表明了理论的无能。如果一种历史完全由偶然性所构成，例如假定今天的人说不定也可以创造出如同米罗的维纳斯那样的古典艺术理想来，就像昨天搬到右边的桌子今天也可以搬回到左边来一样，这种历史就不能叫作历史（正如桌子搬来搬去不能叫作历史一样）。历史，严格说来就是"发展"的历史，而发展的意思就是不能完全重复、倒退，只能一往无前。在宇宙万物中，只有生命才具有这种"发展"的特点，生命是不能从成年退回到幼年去的。但各种生命通过个体的死亡仍然要不断地从幼年开始，唯有一种生命，作为生命的生命，即人的心灵、精神，以及由此形成的人类文化，才真正是无限发展的，所以只有人类才有真正的历史。

　　而艺术灵魂，就是人类心灵的核心和本质。所以海德格尔曾说："艺术为历史建基；艺术乃是根本性意义上的历史"[2]。但可惜的是，海德格尔所说的"艺术"是一种超越于人类之上的"存在"或"真理"的现身方式，他并没有考察人（艺术家）在艺术创作中的心理活动、感受方式和精神结构，因此他无法真正理解艺术的本质，"艺术作品的本源"对他说来始终是一个谜[3]。这样，海德格尔的历史观也仍然只能是非历史的。

二

　　现在，有一位作家，一位作为作家的艺术家，一位作为艺术家的艺术评论家，以自己独特的方式向我们揭示了这个谜。她就是残雪。残雪近年来在继续保持高产的文学创作的同时，开始对文学史进行了一种令人吃惊的介入。最初人们还以为她这种做法只不过是对自己的文学创作的一种自然延伸，即一种借题发挥，因为她的评论是从卡夫卡入手的，而卡夫卡被公认为是与残雪最为接近的西方现代派作家。的确，她对卡夫卡的解读具有强烈的"残雪风格"，而且与人们通常认可的解读如此相悖，以至于人们几乎很难承认这是一种严格理论意义上的文学评论。我在为残雪的《灵魂的城堡——理解卡夫卡》（上海文艺出版社 1999 年 9 月）一书所写的跋中说到书里呈现的是一个"残雪的卡夫卡"，似乎已经被人借用为一种委婉的批评（不够"客观""科学"等等）。然而，等到她的第二部文学评论《解读博尔赫斯》（人民文学出版社 2000 年 6 月）出来，且书后所加"附录"文章除涉及卡夫卡和博尔赫斯的比较外，还涉及莎士比亚、余华和鲁迅的作品，她的野心才开始露出了冰山的一角。附录中有一篇的题目是"属于艺术史的艺术"，开宗明义便说：

> ▶ 在浩瀚无边的人类灵魂的黑暗王国里，有一些寻找光源的人在踽踽独行，多少年过去了，他们徒劳的寻找无一例外地在孤独中悲惨地结束。王国并不因此变得明亮，只除了一种变化，那就是这些先辈成了新的寻找者心中的星，这些星不照亮王国，只照亮寻找者的想象，使他们在混乱无边的世界里辗转时心里又燃起了某种希望。这是一种极其无望的事业，然而人类中就有那么一些人，他们始终在前赴后继，将这种事业继承下来。……阅读他们的作品，就是鼓起勇气去追随他们，

下定决心到黑暗中去探险。[4]

　　原来，残雪的评论绝不是什么借题发挥，而是一种真正的探险，一种寻找。寻找什么？寻找人的灵魂的内部世界。之所以要读那些伟大的先行者的作品，是因为这个黑暗的世界并不只是存在于残雪个人的内心，它是人类心灵的共同的居所。残雪引用博尔赫斯的一句名言："所有的书都是一本书"，并且说："是啊，所有那些孤独的寻找者，不都是在找一样的东西吗？"[5]"所有这些，无一例外地执着于那同一个主题，但又给人以出乎意料的惊奇，只因为那件事具有可以无限变化的形式（无限分岔的时间）。"[6]的确，艺术的发展形式就是"无限分岔的时间"，即德里达所谓的"延异"（différance，又译"分延"），但这并不能否定它是某"一个东西"（"同一个主题"）的延异。艺术评论家和艺术史家的最终使命，正是要去寻找在这种分岔的时间中体现出来的那同一个东西。但这实在很不容易。读他们的小说，你会深深体会到，人的潜意识或灵魂深处绝不是一团糟的、无规律可循的世界。进入那里头之后读者才会恍然大悟，原来真正混乱而又不真实的，其实是外面这个大千世界。也许因为那种地方只存在着人所不熟悉的真实——那种沉默的、牢不可破而又冷漠至极的东西，进去探索的人在最初往往是一头雾水，辗转于昏沉的混乱中不知如何是好。但这只是最初的感觉，只要坚持下去，世界的轮廓就会逐步在头脑中呈现，那是会发光的轮廓。当然这并不是说，认识就因此已经达到；那是一个无限漫长的过程，每走一步都像是从头开始，目的地永远看不到，如果你因为疲乏而停止脚步，世界的轮廓马上就在你头脑里消失，而你将被周围的黑暗所吞没[7]。所以，这种寻找是一种艺术，但也是一种无限发展的历史。当残雪读到博尔赫斯的自况"我不属于艺术，我属于艺术史"时，心有戚戚焉："的确，那些最尖端的艺术，讲述的都是人类精神史，即时间本身，也即艺术本身。"[8]

但我们从残雪这里读到的则似乎更进一层：她不仅把自己的艺术看作人类艺术心灵的历史发展的当前阶段，而且还想用自己的艺术心灵去"打通"艺术史，去"重写"或"刷新"整个艺术史！这胃口实在是闻所未闻。近年来常常听到"重写文学史"的说法，但人们所关注的，仍然主要是政治标准（或认识标准）与艺术标准（或情感）孰重孰轻、何者更根本的问题，所争论的也主要是文学史上的人物究竟如何摆法、如何取舍的问题。至于文学史或艺术史的内在动力到底何在，是一种什么样的矛盾在逼迫一代又一代的艺术家去不懈地寻求和创造，以至于形成了人类精神的"时间本身"，却从来没有人说清楚过。我们不难理解，这是由艺术家和文艺评论家（文学理论家）的职业分工造成的。评论家虽然一般说来不能缺少艺术的感受力，但通常都是比较被动地接受，然后诉之于冷静的分析，而不需要自己去做艺术上的创造性的突破。残雪不是这样的评论家，她自己是一个开拓者，她更能体会开拓的艰辛。因此，当她以这样一种开拓的精神介入文学评论中，她立刻便意识到自己的优势：她诠释的不仅仅是别人的东西，而且也正是她自己的东西，是使她自己整天耿耿于怀、坐卧不安、恐慌不宁、欲生欲死的东西。这也许正是她那种狂妄野心的来由。当她用自己的心解读了卡夫卡和博尔赫斯（这种解读可以说是辉煌的！）之后，她的触角进一步向历史的纵深处延伸，竟然发现自己攻无不克。对于人文科学和社会科学的方法，马克思有一句名言："人体解剖对于猴体解剖是一把钥匙。"[9]意思是，生命或社会现象（包括精神现象）与物理现象有一个根本的区别，即后者总是用事物的原因来解释结果，相反，前者的"最初的原因"通常却并不能从时间上最先的现象中看出来（因为它这时还是"潜在的"，还与其他各种原因和各种可能性混杂在一起），反而要从最后导致的结果中去分析和把握，事物的本质只有在它发展成熟的状态中才能以清晰的形态表现出来，所以永远必须从结果去"反思"原因。当然，由于人类历史的发展并没有终极的"最后结果"，而是无限的延伸，所以这一定理必须表述为：历史的每一阶段是解释此前各个阶段的一把钥匙。由此观之，残雪的"狂妄"乃是历史的必然，没有这种狂妄，历史就达不到自我意识。

于是，摆在我们面前的这第三本文学评论著作《地狱中的独行者》中，残雪以前还遮盖着的隐秘野心现在公然成了气候，她所追溯和反思的，居然是西方文学史上几百年来一直激起无数饱学之士聚讼纷纭、被视为西方文论王冠上最耀眼的宝石的莎士比亚和歌德！人们也许会问：她不是这个领域里的专家，她凭什么对这么高深的问题发表看法？她有文凭吗？她做过多少卡片？她的导师是谁？但是，我要说，在残雪的解读方式中不需要这些东西，我们还是先来听听她与这些伟人的直接对话，再对她的资格下判断吧。

三

残雪所采取的一个崭新的视角，也是她的这些评论的一个最为突出的特点就是：她是真正地（不是在比喻的意义上，也不是在玄学的范围内）把历史本身看作了艺术活动和艺术创造。这样说有两层涵义。第一层是说，艺术家不仅是创作了艺术品，而且包括他的这种创作活动在内的艺术家的经历或历史本身就是艺术。通常美学家和文艺理论家们并不否认这种说法，说某某人的一生都是艺术，或者说人生就是艺术，但这都是在象征和比喻的意义上说的，他们只是说"人生如同艺术"的意思。但在残雪看来，艺术是人的本质，也是人生的本质，之所以不是人人都能成为艺术家，只是因为并非人人都意识到自己的艺术本质。所以，第二层涵义就是说，艺术家把自己对人生的艺术本质的理解体现在他的作品中，这就是艺术家和一般人的区别，即艺术家是意识到自己生活的艺术本质并艺术地表现了这一本质的人，一般人却不是。这一点许多人往往也并不会否认，但没有人像残雪那样把这件事当真，例如说，就把作品中的人物看作是作家艺术灵魂中的各种要素的体现，把场景、情境和冲突都看作艺术灵魂的内在矛盾的展开。这种眼光不仅适合于用来分析残雪自己的作品，而且她认为也适合于一切伟大的作品。所有这些作品都只有一个唯一的主题，这就是艺术本身。

因此，在残雪眼里，一部作品就是艺术家的艺术心灵的一个写真，一部多层次的艺术心理学，在其中，"似乎所有的人都是一个人，或者说，一个人被按心理层次的深浅来分裂成各种不同的角色"(10)。当然，事情不会像摆积木那样简单。作品中的每一个人物，除了代表作者心灵的某一方面外，本身又分裂为更深层次上的诸要素，而每一要素又包含着不同甚至对立的方面，如此以至于无穷；而在每一个层次、要素和方面，都体现出一个艺术的心灵。例如，在莎士比亚笔下，勃鲁托斯和凯斯卡、凯歇斯三个人物在残雪看来"构成人性的阶梯"，凯歇斯"在中间，他同时具有凯斯卡和勃鲁托斯身上的特点"；但同时，"凯歇斯的思想和行为总是使人诧异，时常像两个决然不同的人在表演"(11)。勃鲁托斯也是如此，他"有点类似于大写的'人'，或正在创作中的艺术家。他涵盖了人性中的一切，因而能够调动一切……他生活在永恒的时间当中"；用莎翁自己的话说，他"一个人就好像置身于一场可怕的噩梦之中，遍历种种的幻象；他的精神和身体上的各部分正在彼此磋商；整个的身心像一个小小的国家，临到了叛变突发的前夕"(12)。同样，残雪在《麦克白》中也发现："艺术大师在此处描写的，其实是他的艺术本身了，这是出自天才之手的作品的共同特征"；幽灵、麦克白夫人其实都代表麦克白本人内心的一个部分，麦克白夫人的死则表现了她的"心的自相残杀导致的最后的破碎"，"所以这个剧的后面还有一个剧在上演，那属于黑夜的永远见不得人的悲剧，它在麦克白和他夫人的梦中——那灵魂深处的王国里演出，其震撼的程度远远超过了人所能见到的这个悲剧，莎士比亚写的是它，他已经用奇妙的潜台词将它写出来了"(13)。《奥瑟罗》也是如此，苔丝狄梦娜是奥瑟罗心中的一个美丽的理想之梦，奥瑟罗粗野、残暴的内心恰好有这样一个梦，"他是一个凶残的恶人，他又是一个热情的爱人，莎士比亚将这二者在人性中统一，使奥瑟罗这个形象有了永恒的意义"。更有意思的是残雪对伊阿古这个"反面"人物的分析："如同苔丝狄梦娜是奥瑟罗心中的梦一样，伊阿古则是奥瑟罗心中的恶鬼"，"他其实就象征了每个人身上的兽性"；但"他又有点像艺术中启动原始之力的先知"，他是整个悲剧的枢纽，善恶冲突的制造者。"伊阿古的行为很像艺术的创造，假如他具有自我意识，他就是一名艺术工作者了"，所以"莎士比亚在创造这个形象时时常不由自主地超出了善恶的世俗界限"[14]。因此我们甚至可以说，在潜意识中，导演了这一切的莎士比亚自己就是那具有了自我意识的伊阿古。

这就是残雪自己在创作中惯用的"分身术"，对此，评论界早有人指出过。例如程德培曾写道：残雪"用她的小说向我们证明了，她是具备了将人的两个灵魂撕离开来，并让它们相互注视、交谈、会晤，又彼此折磨的能力。我以为，这不仅是残雪与众不同的感觉，而且也是她构筑小说的基本特色"，她"把单个的'我'分离成无数个'我'与'你'，然后再繁衍她的小说，从这个意义上讲，残雪的小说形构，就是让灵魂撕离成一种对话的形态"[15]。但用这种方式来看待和分析别人的小说，作为她评论作品的切入点，这却是她的一种最新创造。当她把这种眼光用在处理卡夫卡一类的现代作品上时，人们还可以理解，因为残雪和他们都属于"一类"作家；但现在面对的是古典作家，人们就不免要问：这样做有根据吗？

我以为，只要我们接受前述"人体解剖是猴体解剖的钥匙"的原则，及"一切书都是一本书"的思路，这一点就不难理解，不只是有根据的，而且是极其深刻的。因为，残雪所揭示的正是人心、人性和人的灵魂的真相，即从终极本质上来看，"一切人都是一个人"，人与人在精神上是相通的（或者是能够相通的）；但在现象和现实生活中，这种同一性和相通性不是一次性完成的，而是在一个漫长的、直到无限的历史过程中才展现出来的；而在此过程中，人与人通常并不意识到他们的相通性和同一性，更多地倒是意识到自己与别人的不相通、格格不入、不可理解甚至相互对立。而艺术家则正是在这种相互对立和冲突的现实中体会到人性的更深层的同一性并力图将它表现出来的人。伟大艺术家的特点（也许只有宗教圣徒与之类似）就在于，他具有那种能够把极其对立和矛盾的灵魂全都容纳在自己心中的强大灵魂，而较小的艺术家和一般人则只能容纳与自己相近的灵魂，如果要他们像伟大的艺术家那样超升于现实生活之上，去和他们极其厌恶的对象出自内心地和解（如同被逼迫吃恶心的东西一样），他们就会因精神分裂而导致崩溃。因而在他们眼里那些大艺术家也都是些白日梦者和疯子（如莎士比亚就被称作"喝醉酒的野蛮人"）。当然，即使伟大的艺术家，也不见得就能清醒地意识到自己的这种特点，他们也许只是在谴责恶人的时候有一种隐隐的同情，在赞美好人的时候语含讥诮，更常常寻找那种将极端的善和极端的恶统一在一个人身上的契机，以此把人性引向深刻。现代艺术和古典艺术的一个根本的区别，就在于对艺术家的上述使命是否达到了自觉。如果说古典艺术只是揭示善恶的冲突和互渗关系，这种揭示还陷在人性的某种具体历史场景之中，那么现代艺术则已经超越于善恶之上、之外，它更能不受人性中的某一个方面的干扰而揭示出完整的人性。但古典艺术在潜意识中是和现代艺术完全一致的。正因为如此，在深刻理解现代艺术精神的前提下，站在现代艺术的立场上去解读和诠释古典艺术就是可能的。只是这种诠释必须经过一种转换，使潜意识中的东西浮现到当代人的意识中来，而不像对现代艺术的诠释那么直接而已。

四

当然，对一部作品的解读，如果仅仅只限于将它分解为各个不同的人性要素，还是远远不够的；更重要的是，还要在其人物、情节、动作和心理发展的动态的时间过程中展示这些要素的丰富的冲突和关系。这正是残雪在这些评论中着力分析的。人性完美的理想是在文艺复兴时代建立起来的，但它与人的现实处境的尖锐矛盾在最初就已经被意识到了。这种尖锐矛盾是莎士比亚作品中一个重要的主题。失去这一理想，人就会变成动物；但完全奉献于这一理想，人也会脱离他的存在而面临灵魂的撕裂。在这种意义上，"如果一个人不具有分裂的人格，就会被人类自身的恶势力摧毁"（16）；因为他要么本身就沦为了恶势力的同党，要么不具备与恶势力相抗争的力量。只有那种敢于投身于这种内心矛盾，在"灵魂的撕裂"中生存的人，才是为人性理想而斗争的英雄。这一点，在莎士比亚最光辉的艺术形象哈姆雷特身上表现得最突出。对于哈姆雷特来说，父王的幽灵就是人性的理想，但这个理想与现实的人世隔着不可跨越的鸿沟，因而"记住父亲就是同时间作战，用新的事件使旧的记忆复活；记住父亲就是让人格分裂，过一种非人非鬼的奇异的生活；记住父亲就是把简单的报仇雪恨的事业搞得万分复杂，在千头万绪的纠缠中拖延；记住父亲就是否定自己已有的世俗生活，进入艺术创造的意境，在那种意境里同父亲的魂魄会合"，以建立"一个以人为本的王国"（17）。用现实的手段去完成理想的目标（正义复仇），这是父王给哈姆雷特交代的任务。哈姆雷特所要做的，就是寻找一种配得上理想的现实手段去完成这一任务。然而，现实中恰好并不具有这样一种配得上理想的手段，任何手段都不能不污损理想的纯洁性。所以哈姆雷特只好犹豫、等待、一再延宕，他所采取的一切盲目的或试探的行动都是错误的，都给这个本来就罪恶滔滔的世界添上新的罪恶，如果不是同流合污的话，至少也是无所作为。因此，哈姆雷特一方面惊呼"人是多么了不起的一件作品！"，另一方面却深深地自责，骂自己是"一个糊涂蛋，可怜虫，萎靡憔悴／成天做梦，忘记了深仇大恨"，陷入痛苦的人格分裂。他其实直到最后也没有找到所谓的"出路"（或"正确道路"），因为根本就没有什么"正确道路"，他所做的一切跟他的仇人所做的似乎并没有本质的不同，唯一的区别在于一个内心无法说出来的理想。

但真的"没有本质的不同"吗？这只是世俗的看法。本质的不同恰好在于，一种新人类形成起来了。"把自己分裂成两半的过程就是在最终的意义上成人的过程，否则哈姆雷特就不是哈姆雷特，而只是国王，只是王后，只是大臣波乐纽斯。那种成长的剧痛，可说是一点也不亚于地狱中的硫磺猛火。"[18]这样，哈姆雷特的一切行动的意义就都归结到他个人的内在的灵魂冲突中来了：

▶ 却原来复仇是自身灵魂对肉体的复仇；凡是做过的，都是不堪回首，要遭报应的；然而消灭了肉体，灵魂也就无所依附；所以总处在要不要留下一些东西的犹豫之中。首先杀死了莪菲丽亚的父亲，接着又杀了莪菲丽亚（不是用刀），然后再杀掉了她的哥哥……细细一想，每一个被杀的人其实都是王子的一部分，他杀掉他们，就是斩断自己同世俗的联系，而世俗，是孕育他的血肉之躯的土壤。[19]

所以，尽管哈姆雷特的行动从外部看来整个是失败的（因为除掉国王这样一个小人所付出的代价实在是太大了，正义的秩序也并没有因此而建立起来），但从摆脱外部存在而向人性理想升华这一主体意向而言，这些行动却具有崇高的艺术典型的意义。如残雪所说的："血腥的杀戮首先要从自己开始，也就是撕心裂肺地将自己劈成两半：一半属于鬼魂，一半仍然徘徊在人间。也许这种分裂才是更高阶段的性格的统一；满怀英雄主义的理想的王子直到最后也没有真的发疯，而是保持着强健清醒的理智，将自己的事业在极端中推向顶峰，从而完成了灵魂的塑造。"(20)重要的不是他的人性的理想是否能够或已经在现实中实现出来了，而是一个有意识的艺术灵魂的诞生，是莎士比亚和哈姆雷特在这里的说话的"姿态"，即"展示着未来的可能性"的姿态。

从这个角度来看王子的一系列行动，我们就可以发现，这些行动虽然是盲目的，甚至正因为它们出自于盲目的本能冲动，它们就是一种类似于艺术创造的"豁出去"的过程。用残雪的话说，这是一种由"本能"创造的"奇迹"，是灵魂的逐步塑造。"人通过摧毁来达到认识，边做边觉悟。这个沉痛的过程是不知不觉的，正如同艺术的创造不能被意识到一样"，"只有那些窥破了人生意义的人，才会一不做二不休，豁出去把人生当舞台来表演一回。所以又可以说哈姆雷特重建的是艺术之魂"(21)。一切世俗的复仇、王位的争夺、公理的战胜、秩序的建立其实都不重要，它们都只有作为理想人性表现自身的手段才有意义，甚至只有当它们否定自身，即在它们的失败中，它们才更纯粹地表现了理想的人性，才真正有意义。这就使这些行动更加具有艺术性和原创性，而彻底排除了功利的考虑，即排除了理性。所以残雪说作为艺术家的人物"不能预先意识到自己的灵魂历程，因为这个历程要靠自己在半盲目半清醒中走出来"(22)。艺术创作是一种不顾一切的冲撞和突围，是使不可能成为可能，因此没有非理性、本能和直觉是不行的。但非理性只是艺术创作的动力，支配这动力朝着某个方向施展的却是一种更高层次的理性，即艺术自我意识。没有高度强健的艺术自我意识，艺术本能只会导致自我崩溃和失控。任何伟大的艺术作品都是在这种强大的张力中形成起来的。残雪本人的创作态度对这两方面都极其看重，她的作品既是直觉的、下意识的、"白日梦"式的，但同时又是控制得极好的、高度自我意识的。只有把创作当成是对自己灵魂的一种积极塑造，并意识到自己就是他作品中的每一个人物的艺术家才能做到这一点。在莎士比亚那里，艺术灵魂的这一结构也许还不是很清晰地被意识到了，或者说，古典艺术的自我意识还处于无意识阶段，反之，其直觉和本能还处于意识阶段（受到意识的束缚的阶段）。只有现代艺术才使双方向两极扩展开来，从而变得清晰化了。

五

现在我们来看看残雪对歌德的《浮士德》的评论。

前面说到，艺术灵魂的基本结构是直觉和理性的张力。但这种张力是何等使人痛苦啊！它表现为人要与他所生活的土地、与亲人、与爱人，最终与自己的肉体和生命本身斩断联系，但在生命结束之前，这一切又是多么不可能！人看到了彼岸世界的美好理想，因而看到了人世的恶，看到最纯洁的爱人（如莪菲丽亚）也免不了成为恶势力的工具，看到了人间真情的可疑性和虚伪性。他要抛弃这一切而向理想的境界飞升。但飞升的动力从何而来？仍然只能从世俗的生命中汲取。"诗的境界只能在世俗的激情中去接近，否则便是虚妄。……一定要抓住一切可能性与观众发生交流；与观众也与自身的世俗性妥协是艺术的唯一出路。"（23）所以哈姆雷特的理想性和世俗性的矛盾便尖锐化为一个根本的矛盾："活，还是不活"（哲学上就是古希腊那个老问题：存在还是非存在）。但艺术家注定只能在活不成死不了的困境中折腾，而这种折腾，本身却是艺术家那强大的生命活力带来的。"诗性精神诞生于人的生命的躁动，诞生于欲望和意识的交战之中。"（24）然而，生命冲动本身是一种"否定的精神"，是一种恶的欲望，它不仅摧毁一切，而且消解自身，走向死亡。这就是《浮士德》中的恶魔梅菲斯特的形象。残雪说："被梅菲斯特如催命鬼一样逼着不停向前冲的浮士德所过的就是这样一种双重可怕的生活。这也是真正的艺术工作者所过的生活"，"所以一开始，浮士德就必须将自己的灵魂抵押在梅菲斯特手中。此举的意义在于，让浮士德在每一瞬间看见死神，因为只要一停止追求便是死期来临"[25]。这也是残雪的自况。在她看来，浮士德就是艺术家，梅菲斯特则是艺术家内心的艺术精神，创作的动力，也就是人的原始生命力。所以"生命的意识表现为生之否定，向死亡的皈依。但否定不是目的，否定是种表演姿态，其目的是为了达到更为真实的生存，也就是以死为前提的浓缩的生存"[26]。"以死为前提的浓缩的生存"（如海德格尔所谓"向死而在"）就是艺术生存。

于是，在浮士德身上，艺术灵魂特别体现出其历史的时间性。哈姆雷特已经有这种特点了，在他那里，"记住父亲就是自己取代父亲"，"艺术是返回，也是重建人的原始记忆"，王子所做的则是"用复仇的行动来刷新父王的痛苦、欢乐、仇恨、爱、严酷、阴险等等一切"[27]。但那毕竟只是一次性的，哈姆雷特王子是艺术时间的一个"定格"的凝固形象。浮士德则是一条奔腾不已的赫拉克利特之河，它要流向何处是永远无法事先预料的。

▶ 人的精神总是同某种神秘相联，深层的记忆
　在那暗无天日之处主宰着一切；那种记忆当
　然并不是乱七八糟的，但它们只围绕一种冲
　动发展，无人可以预测它们的形式。人同古
　老精灵进行的深奥交流就是艺术创造，人在
　过程中似乎是被动的，如同浮士德一样心神
　不定、不知所以然的，这种情形在创作中叫
　作"让笔先行"。[28]

"让笔先行"就是真正的时间，具有历史性的时间，即海德格尔《存在与时间》意义上的时间（或胡塞尔所谓"内在时间意识"）。它

不是物理学上均匀地规定好了因而可以预测的时间，而是自由自发的、具有"延异"（德里达）性质的时间。这正如浮士德（梅菲斯特）那位朝气蓬勃的学生所说的："世界本不存在，得由我把它创造！是我领着太阳从大海里升起来；月亮开始盈亏圆缺也和我一道。……我可自由自在，按照我的心灵的吩咐，欣然追随我内心的明灯，怀着最独特的狂喜迅疾前行，把黑暗留在后面，让光明把我接引。"[29] 浮士德精神必然通向现代存在主义，残雪对这位学生赞道："这是创造的境界，艺术的境界，一位叛逆的'小神'就这样脱颖而出，梅菲斯特称他为'特立独行的人'……现在这种躁动已成了青年创造的动力。"[30] 但这种自由的时间绝不是毫无规律、乱七八糟的，而是有自己自由的规律。梅菲斯特作为本能和欲望的推动者，同时也代表了理性。在这种意义上，人性的善与恶就呈现出一种互相转化的内在同一性。梅菲斯特洞察了浮士德的本性，"知道他的本性一旦被刺激放开，就会接连作恶，他也知道作恶之后深层的意识会燃起火焰，这火焰会烧掉他的旧我，使他一轮又一轮地脱胎换骨。……欲望的火焰就是理性的火焰"[31]。自由意识的获得当然会调动起作恶的欲望，但也会引向灵魂的彻悟，"那从未作过恶的正人君子，必定是生命力萎缩的、苍白的、病态的人，这样的人既不对认识感兴趣，也没有能力获得自我意识"[32]。因为，欲望虽然最初只有通过作恶才能满足，但作恶必然伴随着良心的"复仇"即忏悔意识，以及要求得救的渴望；这种渴望倒不一定像玛加蕾特那样导致中止自己的一切行动而皈依上帝，对于一个像浮士德这样有强烈生命冲动的人而言，毋宁说更倾向于选择用另外的行动来弥补自己的过失，或是超越原来作恶的层次而采取另外的、看起来具有更崇高动机的行动。当然，这样的行动实质上仍然是恶上加恶，但每一层次上理性的觉悟和反省都的确把浮士德提升到一个更高的精神境界，而这样一种提升，就是善。所以残雪说："他的得救不在于后悔往事，停滞不前，而在于不断犯下新罪，又不断认识罪行，往纵深又往宽广去开辟自己的路，直至生命的终结。这种拯救比基督徒的得救更难做到，因为每走一步都需要发动内力去做那前所未有的创造。"⁽³³⁾在此，残雪比较了宗教和艺术这两种不同的拯救之道："一种是被动的、驯服的，以献出肉体为代价；另一种则要靠肉体和灵魂的主动的挣扎去获取"，相形之下，残雪认为两者殊途同归，而"艺术的生存一点也不低于宗教的生存，反而同人性更吻合"⁽³⁴⁾。但从另一方面说，艺术难道就不需要如同宗教般虔诚的信仰吗？并非如此。残雪说："梅菲斯特要干的，是一桩极为隐晦的事业。他要让人的生命力在艺术生存的境界里发挥到极限，让人在误解（有意识自欺）中获得生之辉煌。而要达到这个，人首先得有虔诚的、类似宗教的情怀。"⁽³⁵⁾梅菲斯特的理性的"极为隐晦"在于它是黑格尔所谓的"理性的狡计"。当人为弥补自己的罪过而把积极的生命力倾注到那些他认为是善的事情中去时，他总是到头来发现自己又一次上当受骗了，他甚至可能由这种人生的经验教训而悟到他终归要被自己有限的理性所限制，无论怎么做都不可能排除误解而成为他自己所以为的善人，那么这时，他将怎么办呢？如果他是一个真正的人，即一个艺术家，那么他将聚集起全部生命力，再次选择他认为是善的目标冒险而行，就像一个艺术家将他所有以往的作品全部否定，一切从头开始一样。尽管他也许已经猜到这次冒险很可能仍是失败，他却只能姑且停留于自欺之中（如康拉德·朗格所言，艺术的本质就是"有意识的自欺"⁽³⁶⁾），而单靠一种对善或美的虔诚信仰来支持自己的行动。但归根结底，当浮士德"放弃表面的理性思考，追随生命的轨迹去获取更深的认识"⁽³⁷⁾时，这难道不是一种更高的理性的选择吗？这种行动难道不正是世界历史本身的脚步吗？他在不断犯罪中，难道不正在拯救的道路上向最终的善进发吗？人性的矛盾也就是一切艺术家的矛盾，它证明："却原来产生恶与产生善的源头是一个"，这就是"生命的火焰"⁽³⁸⁾。所以残雪指出，梅菲斯特甚至在希腊美女海伦身上也看到了这种辩证关系："最美的事物的基础必定是最丑的，丑是生命力，美是对这生命力的意识。孕育海伦那美艳迷人的风度的，正是她灵魂深处永远渴求着的福尔库阿斯。"（39）上升到这样一种辩证高度的理性就和人的非理性的原始生命力统一起来了。

于是，具有这样一种有生命的理性的人——浮士德，就必然会从书斋里走出来，义无反顾地投身于时代的车轮和世俗的纠缠，而不怕弄脏自己的双手。"懂得世俗生活的妙处，迷恋它的粗俗的人，才可能成为诗人；只有一次又一次地行动，一次又一次地失去，才会同美的境界靠近。"（40）莎士比亚已经意识到这一点了。残雪指出，在他的《科利奥兰纳斯》中，"古典英雄的形象，就是这样从散发着恶臭的人群中升起的"，尽管他不为人民所理解，反而被他的人民所迫害，尽管他也蔑视这些老鼠般的人群，甚至因此背叛了他的祖国，而效忠于"一种纯粹的东西，一种被人所丢失了的、一去不复返的理念"，但归根结底，他"还是来自人民，又属于人民的，他是千百万俗众的超凡脱俗的儿子。既然人民能够生出这样的儿子来，也就能够避免灭亡；他同人民之间的反差越大，他所起的警示作用就越有效果，那被遗忘的记忆也就有可能重新复活，使人民大众可以重建理性王国——那超出国界的王国"（41）。同样，哈姆雷特要追求高贵的完美也没有别的办法，"只有疯，只有下贱，只有残缺，是他唯一的路……否则就只好不活。'疯'的意境充分体现出追求完全美的凄惨努力，人既唾弃自己的肉体和肉体所生的世界，又割舍不了尘缘"（42）。浮士德和他们不同，他没有那种崇高的理念，而只是执着于自己的生命和欲望，他内心沸腾着的是梅菲斯特的邪恶幽灵；然而区别仅仅在于，前者是奋力超越于世俗而又回归于世俗，后者则是一开始就投身于世俗，然后从世俗中一步步突围出来、提升上来。但无论如何，要发展出精神生活和世俗生活的张力，这是一样的。

哈姆雷特式的心灵结构在《浮士德》中也有体现，这就是瓦格纳所创造的人造人荷蒙库路斯。对这两个形象，残雪也做出了自己全新的解释。"耽于冥想、沉浸在纯精神世界中的瓦格纳，实际上是浮士德人格的一部分。他作为浮士德的忠实助手，从头至尾都守在那个古老的书斋里从事那种抽象的思维活动。他外貌迂腐，令人生厌，内心却有着不亚于浮士德的热情，只不过这种热情必须同世俗生活隔开"，"在感官上，瓦格纳是如此厌恶人，不愿同人发展关系；在他的观念中，他却认为人类具有'伟大的禀赋'，……他要用精神本身来造出一个纯粹的人"，这就是住在玻璃瓶中闪闪发光的小人荷蒙库路斯。小人具有使浮士德苏醒还魂的能力，"它是精神之光，可以为人类领航"，但它从诞生之日起就力图突破玻璃瓶而成长，"而成长的唯一方法是同生命结合，获得自己的肉体；然而一旦肉体化了，它就会消失在肉体中再也看不到"。它最后终于自己撞破了瓶子，融化在"生命的大海"中[43]。瓦格纳和人造人所体现的正是一个哈姆雷特式的矛盾。在哈姆雷特的生存方式中，纯粹的精神所追求的是现实的生命；反之，浮士德的追求则体现出，一个人的世俗生活只要充满着生命的活力，使他能够永远自强不息，那他就必定能够超越世俗生活而达到更高的精神境界，这是世俗生活本身的自我否定的辩证本质。浮士德的艺术灵魂中扬弃地包含了哈姆雷特的精神。

于是，从浮士德的精神立场看来，那作恶多端但精力充沛的恶魔梅菲斯特竟是与上帝之爱相通的了："梅菲斯特这个恶灵，因为他对生命的热爱，从头至尾都保持住了自己那高贵的理性，最终读者会恍然大悟：原来魔鬼的本性就是爱。"[44]歌德在剧末借天使之口唱道："如有强大的精神力／把各种元素／在体内凑在一起／没有天使／能够拆开／这合二而一的双重体／只有永恒的爱／才能使二者分离。"[45]魔鬼使上帝所创造的精神和物质的统一体分裂为二，使二者陷入互相撕裂、互相追求而不得的痛苦之中，但这一切实际上正是上帝安排的。"身处地狱中的人梦想的是天堂，所以上帝就给了人一种希望，让人通过爱从自己的肉体分离出灵魂，让这灵魂超升。……人似乎只能住在地狱里。然而当一个有信念的人在地狱中挣扎之际，他却逼真地看到了天堂的微光在他上方闪烁，而他的体内，的确有某种东西正冉冉上升与上方的光芒会合！这是上帝为他安排的生活方式，他内心充满了感激"(46)。

然而，在这里也正如在别处一样，残雪甚至对来世的（天堂的）生活也做了艺术的解释。上帝是什么？上帝其实就是"艺术家身上那非凡的理性"(47)，就是"诗性精神"。"诗性精神诞生于人的生命的躁动，诞生于欲望和意识的交战之中，它是人对生命的最高认识，有了它，人性的表演才成为了可能，欲望才有了正确的出路。"(48)残雪特别重视皇宫中的化装舞会那一场戏，也正是因为她把"戴着面具表演"的艺术舞台视作人生的象征：

▶ 关于人生的演出同化装舞会十分类似，而处在社会中的人就是戴着面具表演的人。在为魔术操纵下的艺术舞台上，更是面具下面还有面具，以至无穷。令人感兴趣的是面具同面具下面的"人"既是不同的又是同一的，奇妙的演出随时可以打破表面的禁忌，让下面的东西直接展露，而同时还要让人感到那种深层的和谐。歌德堪称这种表演的大师……人生的面具方式根源于人性本身那个最古老的矛盾，只有最强健敏锐的自我意识可以彻悟人生的这种结构。(49)

残雪仔细分析了这场化装舞会的时间流程。"整个过程的顺序是这样的：由生命的狂欢纵欲达到诗意的反省，在反省中认清人的处境，达到理性认识；理性又为出自生命的直觉所否定，化为更深层次的自我意识；最后又由深层意识引出纯粹的诗性精神，用诗的境界作背景，让人重演人生的追求。"⁽⁵⁰⁾

这就是歌德通过《浮士德》所展示出来的艺术灵魂的内部结构，同时也是浮士德的整个追求所体现出来的艺术中的历史。

※※※※※※

注:

（1）［英］贡布里希：《艺术发展史》，范景中译，天津人民美术出版社1988年版，第332页。
（2）《林中路》，孙周兴译，上海译文出版社1997年版，第61页。
（3）沙水：《什么是艺术作品的本源？》，《哲学研究》2000年第8期。
（4）残雪：《解读博尔赫斯》，人民文学出版社2000年版，第207页。
（5）同上，第208页。
（6）同上，第235页。
（7）同上，第229—230页。
（8）同上，第234页。
（9）《马克思恩格斯全集》第四十六（上）卷，第43页。
（10）《心理层次——读〈裘利斯·凯撒〉之二》。
（11）同上。
（12）转引自《罗马的境界——读〈裘利斯·凯撒〉之一》。
（13）《阴郁的承担——读〈麦克白〉》。
（14）《永恒的梦幻——读〈奥瑟罗〉》。
（15）见程德培：《折磨着残雪的梦》，《圣殿的倾圮——残雪之谜》，贵州人民出版社1993年版，第76—77页。
（16）《超越国界的理想人格之追求——读〈科利奥兰纳斯〉》。
（17）《两种重建——〈哈姆雷特〉分析之三》。
（18）《险恶的新生之路——读〈哈姆雷特〉分析之二》。
（19）同上。
（20）同上。
（21）《两种重建——〈哈姆雷特〉分析之三》。
（22）《罗马的境界——读〈裘利斯·凯撒〉之一》。
（23）《演出前的内心斗争》。
（24）《诗性精神》。
（25）《生活就是创造》。
（26）《梅菲斯特导演的圣战》。
（27）《两种重建——〈哈姆雷特〉分析之三》。
（28）《浮士德从何处获得精神力量》。
（29）转引自《学生》。
（30）《学生》。
（31）《欲望的火焰》。
（32）同上。
（33）《宗教和艺术的境界》。
（34）同上。
（35）《梅菲斯特导演的圣战》。
（36）见李斯托威尔：《近代美学史评述》，上海译文出版社1980年版，第23页。
（37）《两极转换的魔术》。
（38）《欲望的火焰》。
（39）《海伦的模式》。

（40）《梅菲斯特为什么要打那两个赌？》。
（41）《超越国界的理想人格之追求——读〈科利奥兰纳斯〉》。
（42）《先王幽灵之谜——〈哈姆雷特〉分析之一》。
（43）见《荷蒙库路斯》。
（44）《两极转换的魔术》。
（45）转引自《升华》。
（46）《升华》。
（47）《梅菲斯特为什么要打那两个赌？》。
（48）《诗性精神》。
（49）《两极转换的魔术》。
（50）《诗性精神》。

附录

关于残雪

▲ 20 世纪 80 年代，残雪被认为是中国"先锋小说"的开创者之一。

▲ 20 世纪 90 年代后，当先锋作家们纷纷"转向"或者放弃，或者停止"先锋"探索的时候，残雪则独守"先锋"，高扬"先锋"旗帜前行。

▲ 在当代中国作家中，残雪的作品被翻译、出版最多；作品入选外国高校教材最多；在国外，有为数众多的专门研究残雪的机构。

▲ 残雪的作品曾被日本、美国、意大利、法国、德国等十余家知名出版社翻译出版过。日、美两国文学界称残雪为"作家和文学批评家"。

▲ 残雪的小说早已收入美国哈佛、康奈尔、哥伦比亚等大学及日本东京中央大学、日本大学、日本国学院的文学教材，残雪是为数不多的入选的中国作家之一。

▲ 许多国家成立了专门研究残雪的机构，如日本的"残雪研究会"，在 2009 年就出版了《残雪研究》杂志。

▲ 残雪是中国唯一有作品入选享有盛誉的日本河出书房新社《世界文学全集》的作家，其作品被美国和日本等国多次收入世界优秀小说选集。她的三个中篇（《暗夜》《痕》等）四个短篇（《归途》《世外桃源》等）被收入《世界文学全集》。同时入选的作家还有卡夫卡（奥地利）、卡尔维诺（意大利）、福克纳（美国）、米兰·昆德拉（捷克）、玛格丽特·杜拉斯（法国）、布尔加科夫（俄罗斯）、克里斯塔·沃尔夫（德国）、杰克·凯鲁亚克（美国）、包宁（越南）、阿尔伯特·莫拉维

亚（意大利）、伊萨克·迪内森（丹麦）等人。

▲ 2008 年日本《读卖新闻》推介残雪的书，把她的头像与米兰·昆德拉（捷克）、略萨（秘鲁）并置同框。

▲ 西方学者评价残雪时说："毫无疑问，就中国文学水平来看，残雪是一种革命；就任何文学水平来看，她是多年来出现在西方读者面前的最有趣、最有创造性的中国作家之一。"

▲ 美国家喻户晓的明星作家苏珊·桑塔格非常欣赏残雪，她说："毫无疑问，残雪是中国最优秀的小说家。"

▲ 残雪的长篇小说《最后的情人》获 2015 年美国最佳翻译图书奖。此前，残雪还获得了英国《独立报》外国小说奖的提名。历来没有哪位作家在同一年度同时获得这两个文学大奖的提名，残雪是唯一同时得到这两个奖入围提名的作家。

▲ 残雪入围美国 2016 年纽斯塔特国际文学奖。作为一个文学终身成就奖，它提名的唯一标准是"杰出与持续的文学成就"。至今已有二十七位得主、候选人和评委获得了诺贝尔文学奖，因此纽斯塔特国际文学奖被视为诺贝尔文学奖的摇篮。

图书在版编目（CIP）数据

地狱中的独行者 ——解析莎士比亚悲剧与歌德的《浮士德》/ 残雪 著. -- 北京：作家出版社，2019.1（2019.11重印）
（大家读经典文丛）

ISBN 978-7-5063-9620-2

Ⅰ.①地… Ⅱ.①残… Ⅲ.①诗剧 – 剧本 – 文学评论 – 德国 – 近代 ②悲剧 – 剧本 – 文学评论 – 英国 – 中世纪 Ⅳ.①I516.073 ②I561.073

中国版本图书馆 CIP 数据核字（2017）第 188412 号

地狱中的独行者——解析莎士比亚悲剧与歌德的《浮士德》

作　　者：残　雪
统筹、策划编辑：汉　睿
特约策划：朱　燕
责任编辑：周　茹
装帧设计：合和工作室·蒋艳
出版发行：作家出版社
社　　址：北京农展馆南里10号　　　邮　　编：100125
电话传真：86-10-65067186（发行中心及邮购部）
　　　　　86-10-65004079（总编室）
E–mail:zuojia@zuojia.net.cn
http://www.haozuojia.com（作家在线）
印　　刷：北京尚唐印刷包装有限公司
成品尺寸：142×210
字　　数：180千
印　　张：6.75
版　　次：2019年1月第1版
印　　次：2019年11月第3次印刷
ISBN 978-7-5063-9620-2
定　　价：48.00元

作家版图书，版权所有，侵权必究。
作家版图书，印装错误可随时退换。

大家读经典文丛